선생님과 함께 읽는

꺼삐딴 리

물음표로 찾아가는 한국단편소설 22

선생님과 함께 읽는

꺼삐딴 리

전국국어교사모임 지음 ㅣ 박세연 그림

Humanist

'물음표로 찾아가는 한국단편소설' 시리즈를 펴내며

문학 교육은 아이들이 꿈을 꾸게 하기 위해 필요합니다. 그러나 요즘의 문학 교육은 참고서와 문제집을 통해서만 이루어지고 있습니다. 그래서 문학 수업은 엉뚱한 상상도 발랄한 질문도 없는 밍밍하고 지루한 시간이 되어버렸습니다. 상상의 여지가 사라지고 질문이 없는 수업은 아이들을 질리게 하고 문학을 말라 죽게 합니다. 그렇다면 어떻게 해야 문학 교육을 살릴 수 있을까요?

무엇보다 학생들이 스스로 생각을 열어 질문을 만들 수 있게 해야 합니다. 매우 상식적인 일이지만, 우리 교육 환경에서는 잘 이루어지기가 어렵습니다. 그래서 전국국어교사모임은 학생들이 스스로 생각을 열고 엉뚱한 상상과 발랄한 질문을 할 수 있는 마중물을 붓기로 했습니다. 이는 말라버린 문학뿐 아니라 아이들의 메마른 마음에도 물을 붓는 일이 될 것입니다.

교과서에 실린 의미 있는 작품을 골랐습니다 중·고등학교 국어 교과서나 문학 교과서에 실린 단편소설 가운데 오랫동안 많은 사람들에게 널리 읽힌 작품을 골랐습니다. 교과서에 실렸다는 것은 중·고등학생들에게 유용한 작품이라는 것이고, 오래 널리 읽혔다는 것은 재미나 감동, 그리고 생각거리 면에서 어느 하나는 사람들의 마음에 들었음을 뜻하기 때문입니다.

전국의 학생들에게 물었습니다 전국에 있는 수많은 학생에게 소설을 읽혀 보고, 그들이 궁금해하는 것을 모았습니다. 그러고 나서 의미 있는 질문거리들을 일정한 방식으로 배열했습니다.

현직 국어 선생님들이 물음에 답했습니다 전국의 국어 선생님 100여 분이 다양한 책과 논문을 살펴본 다음 질문에 대한 답을 했습니다. 이런 과정을 통해 보다 보편적인 작품의 의미에 접근하고자 했습니다.

교육 과정과의 연관성을 고려했습니다 수업 현장에서 또는 학생 스스로 이용할 수 있도록 했습니다. '깊게 읽기'에서는 인물, 사건, 배경, 주제 등 작품과 직접 관련되는 내용을 다루었으며, '넓게 읽기'에서는 작가, 시대상, 독자 이야기 등을 살펴볼 수 있도록 했습니다.

'물음표로 찾아가는 한국단편소설' 시리즈는 다양하고 깊이 있는 생각을 이끌어낼 수 있는 소설 감상의 안내서 구실을 할 것입니다. 또한 작품에 대한 해석과 이해의 차원을 넘어서 문화적·사회적·역사적 정보를 폭넓고 다양하게 제시함으로써 문학 감상 능력을 향상시켜 줄 뿐만 아니라, 문학과 가까워질 수 있는 기회를 제공해 줄 것입니다.

전국국어교사모임

머리말

'꺼삐딴 리? 무슨 말이지······.'

독특한 제목에 한 번쯤은 고개를 갸웃거리며 읽었을 이 소설은, 한국 근현대사를 살아온 한 지식인의 이야기입니다. 어느 유명한 의사의 이야기인 줄 알고 읽기 시작했는데, 그의 삶을 읽어갈수록 가슴이 답답해집니다. 아, 답답한 게 아니라 기가 막히고 화가 난다고요?

그런데 읽다 보면 궁금한 것도 많을 겁니다.

왜 이렇게 소설의 시간적 배경이 왔다 갔다 하는지, 자위대는 뭐고 치안대는 또 뭔지, 이인국이라는 인물은 시계를 왜 그렇게 아끼고 미국에 가기 위해 왜 그렇게나 애를 쓰는지, 그러면서 딸이 미국인과 결혼하는 건 어째서 싫어하는지, 매우 실감나는 이야기여서 혹시 이인국이 실제 인물은 아닌지······.

읽으면서 이런 의문들이 생겼다면 여러분은 적극적인 자세로 소설을 잘 읽은 것입니다.

아, 잠깐! 혹시 책을 덮으면서 '열심히 살았는데 왜 이인국을 나쁜 사람이라고 하지?', '역시 전문적인 기술을 가지고 있으면 살아가는 데 도움이 많이 돼.' 하는 생각은 하지 않았나요?

지금부터 여러분 머릿속에 떠오른 이 모든 궁금증의 답을 함께 찾아보겠습니다. 이 책을 읽고 나면 〈꺼삐딴 리〉라는 소설에 대한 여러 궁금증이 풀리고 소설도 더 잘 이해하게 될 것입니다. 그뿐만 아니라 우리 근현대사를 보는 눈도 조금 생길 것이고, 어떻게 사는 것이 더 가치 있는 삶인지에 대한 생각도 한결 깊어질 것입니다.

자, 함께 소설 속으로 들어가서 격동의 근현대사를 오직 자신의 영달과 안위를 위해서만 살아온 이인국이라는 인물을 꼼꼼히 살펴볼 준비가 되었나요? 책에서 나올 때쯤 세상을 보는 눈과 생각하는 힘이 한층 더 자라 있을 자신의 모습을 기대하면서 이제 출발합시다.

대구국어교사모임 (류문숙, 박상희, 박수진, 박채형)

차례

꺼삐딴 리

전광용

〈꺼삐딴 리〉는 1962년 7월에 《사상계》라는 잡지에 발표된 단편소설입니다. 한국 근현대사의 가장 비극적 시기인 일제강점기와 한국전쟁을 지나온 '이인국 박사'라는 인물의 삶을 다루고 있습니다.

이 작품은 현재의 이야기 속에 과거 이야기가 섞여 들어가는 형태로 구성되어 있습니다. 과거는 1945년 광복을 전후한 평양, 현재는 1960년대 초 서울을 배경으로 이야기가 전개됩니다.

'꺼삐딴 리'라는 말은 작품에서 한 번 나오는데, 소련군 장교가 이인국을 추켜세우며 한 말입니다. 그는 왜 그렇게 불리게 된 것일까요? 우리나라 사람들 대부분이 고통받던 그 시기를 이인국은 어떻게 살아냈을까요?

자신의 처세에 대해 절대적인 자신을 가지고 있는 이인국 박사의 이야기 속으로 들어가 볼까요?

1. 현재 - 잘나가는 병원장 이인국

이인국 박사는 수술을 마치고 나와 응접실 소파에 기대앉아 이마에 흐르는 땀을 닦습니다. 위장에 생긴 종기를 떼어내는 힘든 수술이었는데, 환자는 아직 혼수상태이고 수술의 성공 여부 또한 가늠하기 어려워 꺼림칙한 기분입니다.

이인국은 개복 수술을 최단 시간에 끝낸 기록을 가진 외과의사입니다. 그래서 주위에 병원이 밀집해 있음에도 불구하고 그의 병원에만 손님이 몰리지요. 그가 운영하는 종합병원은 일류 대학병원에서도 손을 못 쓰는 환자들이 줄을 서는 곳이기도 합니다. 이 병원에는 두 가지 특징이 있는데, 하나는 아주 깨끗하다는 것이고, 또하나는 다른 병원보다 갑절이나 치료비가 비싸다는 것입니다.

이인국은 환자의 진료를 시작하기에 앞서 병원비를 지불할 능력이 있는지부터 먼저 살핍니다. 혹시라도 경제적 여유가 없어 보이면, 간호원을 시켜 어떤 핑계를 대서라도 환자를 받지 않게 하죠. 그래서 이인국의 고객은 일제강점기에는 주로 일본인들이었으며 지금은 주로 권력층이나 재벌들입니다.

2. 현재 - 이인국의 현재 상황과 딸의 편지

이인국은 일제강점기 때 평양에서 병원을 운영하다 한국전쟁이 터지고 나서 1·4 후퇴 때 청진기가 든 손가방과 제국대학을 졸업할 때 받은 목숨처럼 아끼는 '월삼 십칠석'이라는 회중시계만 챙겨 들고 서울로 월남을 했습니다. 처음에는 셋방 하나를 얻어 병원을 차렸는데, 지금은 엄청난 땅값을 자랑하는 도심지에서 종합병원을 운영하게 되었습니다.

그는 사별한 아내와의 사이에서 낳은 '나미'라는 딸과 '원식'이라는 아들이 있으며, 지금은 후처로 들어온 혜숙과 살고 있습니다. 혜숙은 이인국이 평양에서 병원을 할 때 일하던 간호사였는데, 현재는 그와 결혼하여 이제 갓 돌이 지난 아이를 키우고 있습니다.

이인국 딸의 원래 이름은 일본식 이름인 '나미꼬'였는데, 해방 후에는 그 이름을 쓰기 곤란해 '꼬' 자를 떼어버리고 '나미'로 바꾸었습니다. 이인국은 바로 이 딸 나미의 결혼 문제 때문에 골치가 아픈 상황입니다.

이인국은 그의 딸에게 시대의 흐름에 맞게 미국 유학을 가야 한다고 했고, 그로 인해 딸은 지금 미국에서 유학 중입니다. 그런데 하나밖에 없는 피붙이인 딸이 유학을 도와준 미국인 교수와 결혼하겠다는 편지를 보내왔기 때문입니다.

　　일제강점기에는 내선일체의 혼인론에 따라 일본인과 결혼하는 것을 당연시하거나 심지어는 우월한 것으로까지 여기기도 했지만, 이인국은 딸이 미국인과 결혼하는 것을 받아들이기는 어려웠습니다. 그는 '코쟁이 사위'라는 생각만으로도 피가 거꾸로 솟는 것 같고 몸이 부들부들 떨리기까지 합니다. 게다가 '흰둥이 외손자'는 더욱 받아들이기 힘들 것 같았지요.

　　하지만 또 한편으로는 미국이 득세하는 세상이니만치 돌쟁이 갓난 아들도 나중에 미국으로 유학 보내려면 일찌감치 미국인과 인연을 맺어두는 것이 나쁘지 않을 것이라고 생각합니다.

이인국은 미국 대사관 직원인 브라운을 만나 국무성 초청으로 미국에 갈 수 있는지 여부를 확인하기 위해 아내 혜숙이 꼼꼼히 싸준 고려청자 화병을 들고 집을 나섭니다. 집을 나서면서 이인국은 해방 직후의 일을 떠올리게 됩니다.

3. 과거 – 해방 직후의 불안

1945년 8월 하순. 온 나라가 해방의 기쁨에 들떠 있을 때 이인국은 불안하고 초조할 수밖에 없었습니다. 일제강점기에 철저하게 친일파로 살아왔기 때문이지요. 그는 며칠째 불안하고 초조해서 잠도 이루지 못합니다.

이인국은 거리에서 보았던 '친일파, 민족 반역자를 타도하자!'라는 벽보가 눈앞에 선명하게 떠올랐습니다. 자기는 괜찮을 거라고 스스로를 다독여 보았지만, 벽보를 보다가 자기와 눈이 마주쳤던 춘석이를 생각하면 불안감을 지울 수 없었지요.

춘석이는 6개월 전에 이인국의 병원에 왔던 인물입니다. 감옥에서 병보석으로 풀려난 춘석이는 몸도 제대로 가누지 못하는 상태로 병원에 업혀 들어왔었지요. 이인국은 사상범인 그를 입원시키면 자신이 쌓아 올린 '모범적인 황국신민의 공든 탑'이 무너질 것이란 생각이 들었습니다. 그래서 어떻게 해야 하나 고민하다가, 응급 치료만 해주고 입원실이 없다는 핑계로 춘석이를 돌려보냈답니다. 그러다 며칠 전 자위대 완장을 찬 춘석이와 마주친 것이었습니다.

이인국이 춘석과 마주쳤던 일을 생각하고 있을 때, 갑자기 사람들이 요란하게 들끓는 소리가 들려옵니다. 거리 가득 태극기와 소련 국기를 들고 소리 지르며 소련군을 환영하는 사람들.

이인국은 소련군이 들어오는 것을 보고는 더욱더 불안해집니다. 그러고는 문득 벽장에서 '國語常用의 家(국어상용의 가)'라고 쓰인 액자를 꺼냅니다. 그것은 자신이 친일파이자 황국신민이라는 것을 증명하는 것이라 할 수 있어요. 잠꼬대까지 일본어로 해야 받을 수 있는 것이어서, 그것을 받은 날 집안에 경사가 난 것처럼 기뻐하기도 했었습니다.

이인국은 이런 날이 올 거라고는 전혀 생각지 못했을 겁니다. 그러니 더 당혹스럽고 불안했을 테고요. 그는 액자에서 종이를 꺼내 글자가 하나도 보이지 않게 찢어버립니다. 그리고 은행에서 미리 돈을 찾아 금고 속에 챙겨놓은 것이 다행이라고 생각하며, 자기만은 어떻게든 살아남을 것이라는 막연한 기대를 갖습니다.

이인국은 앞으로 어떻게 될지 궁금해서 라디오 방송도 듣고, 서울에 있는 지인에게 전화해서 상황을 물어보기도 합니다. 바뀐 세상에 대한 불안감은 가득했으나 이인국은 뉘우치거나 양심의 가책을 느끼지는 않습니다.

4. 현재 - 소련으로 유학 보낸 아들 생각

해방 직후의 일을 회상하던 이인국은 집을 나올 때 들고 온 석간신문을 펼쳐 듭니다. 이인국 눈에 '북한 소련 유학생, 서독으로 탈출'이란 기사가 보입니다. 그 기사를 보자 이인국은 아내의 만류에도 불구하고 억지로 모스크바로 유학 보낸 아들이 생각납니다.

소련군 소좌 스텐코프의 도움으로 아들을 모스크바로 유학 보내면서 이인국은 소련에 다녀온 뒤 큰소리치며 살 아들에 대한 기대에 부풀었고 자신의 처세 방법에 스스로 뿌듯함을 느낍니다. 일제 강점기에는 일본어를 배워서 출세할 수 있었고, 이제 소련군이 북한을 점령하고 있으니 러시아어를 배워야 출세할 수 있다고 생각한 것이죠. 그러나 그다음 해에 바로 한국전쟁이 터져 남쪽으로 내려오는 바람에 아들과의 소식이 끊어져 버렸답니다. 곧이어 이인국의 아내도 죽음을 맞았는데, 이인국은 사지에 남겨진 아들에 대한 걱정이 아내의 죽음에 영향을 끼쳤을 것이라고 생각합니다.

이인국은 기사를 꼼꼼히 읽어보았지만 아들의 이름은 보이지 않았습니다. 그러자 이인국은 발 빠르게 다른 나라로 탈출해서 살길을 찾지 못한 아들을 '애비만도 못한 자식'이라고 탓하며 혀를 찹니다. 그러다가 해방 직후의 긴박했던 상황과 스텐코프가 아들의 유학을 위해 힘써 주게 되었던 그때 일을 다시 한번 떠올립니다.

5. 과거 – 치안대로 끌려간 이인국

해방이 되고 소련군이 들어온 뒤 세상이 빠르게 변해가면서 자위대가 치안대로 바뀝니다. 치안대로 바뀐 다음 날 이인국은 그곳으로 잡혀가요. 잘나가는 병원장이었던 이인국이 '쪽발이 끄나풀, 왜놈의

밑바시˚, 민족과 조국을 팔아먹은 개돼지 같은 놈'이란 욕을 먹으며 감방에 갇혀 죽을지 살지 모르는 상황에 처하게 된 것입니다. 완장을 찬 춘식의 발길질에 차이기도 하고, 인생의 반려라 생각할 정도로 아끼던 회중시계를 소련군 병사에게 빼앗기기도 합니다.

친일파이자 민족 반역자란 죄목으로 처형될 수도 있는 긴박한 상황이지만, 이인국은 감방 안에 돌아다니는 러시아어 교본을 주워 러시아어 공부를 합니다. '친일 안 한 놈은 주는 떡도 안 먹은 바보'라고 자기의 친일 행위를 스스로 합리화하면서요.

그러던 중 걸리면 열에 아홉은 죽는다는 무서운 전염병인 이질이 감옥에 퍼지기 시작합니다. 그 바람에 이인국은 감옥을 나와 응급치료실에서 환자를 돌보게 되죠. 이질 환자들을 치료하면서 이인국은 의사로서의 기술을 인정받습니다. 그리고 기회를 보던 이인국은 스텐코프의 왼쪽 뺨에 붙은 혹을 제거하는 수술을 해주겠다고 제안합니다.

• 밑바시: '음식 찌꺼기'를 이르는
   함경도 사투리. 비굴한 사람을
   낮추어 이르는 말.

결국 혹 제거 수술은 성공적으로 끝났고, 골칫거리였던 혹을 떼내게 된 스텐코프는 이인국의 손을 잡고 '꺼삐딴 리, 스바씨보''라고 칭찬을 아끼지 않습니다. 그리고 집에서 통근해도 되며 부탁이 있으면 그것도 들어주겠다고 해요. 그러자 이인국은 시간과 장소, 심지어 시계를 빼앗길 때의 경위까지 자세히 설명하며 회중시계를 찾아달라고 부탁합니다. 스텐코프는 시계를 찾아 이인국에게 돌려주었고, 이후 이인국의 아들이 모스크바로 유학 갈 수 있도록 도와주기도 했습니다.

6. 현재 - 브라운과의 만남

이런 과거의 일을 회상하는 동안 차가 브라운의 관사 앞에 도착합니다. 브라운은 미국 대사관에서 근무하는 외교관입니다. 관사 응접실에는 《이조실록》,《대동야승》 같은 귀한 책들이 책꽂이에 가득 꽂혀 있었고, 금동불상과 여러 골동품들, 열두 폭 병풍과 백자기 재떨이 등이 전시되어 있습니다. 그것을 본 이인국은 귀한 문화재가 나라 밖으로 나간다는 생각은 전혀 없이, 자신이 선물로 챙겨 온 고려청자 화병이 혹시 브라운의 마음에 들지 않으면 어쩌나 하고 걱정합니다. 그런데 브라운이 청자 화병을 보고 귀한 것이라며 거듭 '쌩큐'를 부르짖자 이인국은 안도하며 만족해합니다.

• 스바씨보: 스파시바. 러시아어로 '감사하다'라는 뜻.

22

브라운은 이인국의 영어 실력을 칭찬하며, 미국 가는 일이 잘 진행되고 있고 미국 갈 때 소개장까지 써주겠다고 합니다. 이인국은 뛸 듯이 기뻐하면서 자신의 처세법이 미국에도 통한다고 여기며 기고만장합니다.

이인국은 브라운의 집을 나오면서 미국 갔다 왔다고 우쭐대는 눈꼴사나운 젊은 의사들을 떠올리며, '내가 미국에 갔다 오고 나면 어디 두고 보자.'라고 생각합니다. 그러면서 일본 놈들 틈에서도, 소련 놈들 틈에서도 살아났는데, 양키라고 뭐 다르겠냐며 한껏 자신감에 차오른 채 택시에 몸을 싣습니다. 그리고 가을 하늘이 더욱 푸르고 드높게 보인다고 느끼며 이야기가 끝이 납니다.

묻고 답하며 읽는
〈꺼삐딴 리〉

배경

인물·사건

작품

1_ 작가의 의도를 살피다

제목이 왜 '꺼삐딴 리'인가요?

왜 나쁜 사람이 주인공인가요?

이인국은 실제 인물인가요?

왜 이야기 순서를 섞어놓았나요?

2_ 시대상을 들여다보다

자위대와 치안대는 다른 건가요?

친일파가 무엇인가요?

일제강점기에는 일본말을 써야 했나요?

'나미꼬'가 왜 해방 후에 거슬리는 이름이 되었나요?

이인국은 왜 딸이 미국인과 결혼하는 것을 싫어하나요?

3_ 인물의 실체를 파헤치다

이인국은 시계를 왜 그렇게 아끼나요?

이인국은 왜 외국어 공부를 열심히 하나요?

《이조실록》, 《대동야승》은 어떤 책인가요?

이인국은 왜 미국에 가려고 하나요?

열심히 살았는데 왜 이인국이 나쁜 사람인가요?

주제

1

작가의 의도를 살피다

제목이 왜 '꺼삐딴 리'인가요?

> 완치되어 퇴원하는 날, 스텐코프는 이인국 박사의 손을 부서져라
> 쥐면서 외쳤다.
> "꺼삐딴 리, 스바씨보."

이 소설 제목 참 특이하지요? 스텐코프가 퇴원하는 날 이인국을 부른 말에서 제목을 가져왔네요. '리'는 이인국의 성을 가리키는 말인 것 같은데 '꺼삐딴'은 무슨 뜻일까요?

'꺼삐딴'은 영어 '캡틴(Captain)'에 해당하는 러시아어 '카피딴'에서 온 말입니다. '캡틴'은 '배의 선장이나 항공기 기장, 스포츠 팀의 주장, 군대의 대위나 대령'이라는 뜻이에요. 즉 '꺼삐딴'이라는 말은 각 분야의 '우두머리' 혹은 '최고'를 뜻하는 말입니다. 그러니까 스텐코프가 쓴 '꺼삐딴'이라는 말에는 이인국의 수술 실력이 '최고'라는 칭찬의 의미가 담겨 있습니다. 스텐코프로서는 이인국이 엄청 고마운 사람이었을 테니까요.

그렇다면 작가도 '꺼삐딴'을 그런 칭찬의 의미로 쓴 것일까요? 이인국이 '최고'라고 칭찬받을 만한 인물이 결코 아니라는 것은 소설을 읽고 나면 알 수 있습니다. 그는 일제강점기에는 철저한 친일파였다가

소련이 들어왔을 때는 재빨리 친소로 돌아서지요. 월남한 후에는 미국인에게 국보급 문화재까지 가져다 바치면서 자기 살길만 찾아갑니다. 이러한 이인국을 한마디로 표현한다면 '기회주의자'라 할 수 있지요. 그런데 작가는 결코 '꺼삐딴'이 될 수 없는 인물의 이야기를 쓰면서 왜 제목을 '꺼삐딴 리'라고 붙였을까요?

작가는 소설 제목을 정할 때 많은 고민을 한답니다. 자신이 전하고자 하는 주제나 소설의 분위기, 내용 등을 가장 잘 드러낼 수 있는 것을 제목으로 정하기 위해서입니다. 마치 여러분 부모님이 여러분의 이름을 공들여 지은 것처럼 말이지요.

예를 들면, 김유정은 소설의 주요 사건인 '닭싸움'을 제쳐두고 끝부분에 잠시 나오는 '동백꽃'을 제목으로 썼지요. 왜 그랬을까요? 소설 주제인 '나와 점순이의 알싸한 첫사랑'을 가장 잘 보여주는 소재가 바로

'동백꽃'이기 때문입니다. 현진건은 가장 비극적인 사건이 있었던 날을 이야기하면서 '운수 좋은 날'이라는 반어적인 제목을 붙여서 일제강점기 하층민의 비극적 삶을 더욱 강렬하게 전해 주었지요. 이효석도 허생원의 아련한 첫사랑을 떠올리기에 더없이 좋은 배경인 '메밀꽃 필 무렵'을 제목으로 썼습니다. 김려령은 '완득이'라는 주인공의 이름을 제목으로 써서, 독자가 소설을 읽는 동안 자연스럽게 주인공이 처한 상황이나 그의 행동, 생각 등에 집중하게 만들었습니다.

'꺼삐딴 리'도 마찬가지입니다. 이인국을 가리키는 '꺼삐딴 리'를 제목으로 써서 읽는 이가 주인공에게 집중하게 만듭니다. 즉 작가는 읽는 이들이 이인국이란 인물에게 초점을 맞추어서 그의 행적을 평가하며 읽기를 바란 것이지요. 또 절대로 '꺼삐딴'이 될 수 없는 인물을 '꺼삐딴'이라고 반대로 표현함으로써 비판의 강도를 더욱 높이려는 의도도 있습니다.

뿐만 아니라 '꺼삐딴'이라는 낯선 어감의 단어가 주는 인상도 무척 강렬합니다. 그래서 제목을 보는 순간 '어떤 소설일까, 한번 읽어볼까?' 하는 호기심도 불러일으키지요. 이런 이유들 때문에 소설에 한 번밖에 나오지 않은 이 말을 제목으로 쓴 것이 아닐까요?

아! '꺼삐딴'이라는 말은 기회주의자 중에서도 그야말로 '최고'라는 의미로 썼을 수도 있겠네요. 이인국을 풍자하려는 의도에서 말이죠. 그러고 보니 단어의 의미에 비해 어감이 그리 좋지는 않지요?

왜 나쁜 사람이 주인공인가요?

〈꺼삐딴 리〉를 읽고 나면 이인국이라는 인물이 우리 머릿속에 강렬하게 남습니다. 이인국은 처음부터 끝까지 변하지 않는 '나쁜 인물'입니다. 오로지 자신의 이익과 안위만을 위해 처신한다는 점에서 신뢰할 수 없는 교활한 인물이며, 민족에게 고통을 주는 세력에게도 서슴지 않고 붙어서 자신의 영달과 안녕만을 추구한다는 점에서 정의롭지 못한 인물입니다. 뿐만 아니라 경제적 능력이나 이해관계를 따지면서 환자의 치료를 아무렇지 않게 거부한다는 점에서 의사로서도 나쁜 사람입니다. 어떻게 이런 나쁜 인간이 있을 수 있는가 한숨이 절로 나옵니다.

그런데 작가는 왜 이런 나쁜 인물을 주인공으로 내세워 소설을 썼을까요? 세상에는 착하고 좋은 인물도 많은데 말이지요.

작가가 나쁜 인물을 주인공으로 내세우는 데는 이유가 있습니다.

나쁜 인물이 현실의 문제나 모순을 보여주는 데 더 효과적일 때가 있기 때문입니다. 소설은 아름답고 좋은 세상을 보여주는 일도 하지만 그보다는 문제적인 현실을 그려내는 일을 더 많이 합니다. 소설이 인간이란 어떤 존재인지, 어떻게 살아가야 하는지를 끊임없이 찾고 그려내는 문학이기 때문이지요.

　이때 작가는 긍정적이고 착한 인물을 주인공으로 내세워 그가 부조리한 사회 때문에 고통받거나 또는 그런 세상과 맞서 싸우는 이야기로 사회의 모순과 문제를 보여줄 수도 있습니다. 그러나 나쁜 인물을 주인공으로 내세워서 부조리하고 타락한 현실의 모습을 적나라하게 보여줌으로써 문제를 더 깊이 들여다보게 할 수도 있습니다. 나쁜 인물이 주인공인 경우 그의 표면적인 말과 행동 외에 생각과 숨은 의도, 이중적인 처신 등 내면적인 부분까지 세세히 그려낼 수 있기 때문입니다. 만약 작가가 독립운동가를 주인공으로 소설을 썼다면 민족이나 양심 같은 가치는 아무렇지도 않게 내팽개치는 기회주의자들의 면모를 이처럼 적나라하게 보여주기는 힘들었겠지요.

또한 나쁜 인물을 소설의 주인공으로 설정함으로써 소설이 우리에게 주고자 하는 깨달음을 선명히 부각시킬 수 있습니다. 착한 인물들보다는 상식을 거스르는 악한 인물이 사람들 머릿속에 더 깊이 남기 때문입니다. 독자들의 뇌리에 또렷히 새겨진 이인국이라는 인물은 '이렇게 살아서는 안 되겠구나.' '독립운동가처럼 살진 못하더라도 최소한 이런 삶을 살아서는 안 되지.' 하는 생각을 깊이 심어줄 것입니다. 이런 걸 '반면교사'라고 하지요.

소설의 역할 가운데 하나가 독자들에게 어떤 삶을 살아야 하는지를 깨우쳐주는 것이라고 합니다. 이 같은 소설의 역할을 생각한다면, 나쁜 주인공 이인국은 소설이 제 역할을 할 수 있게 해주는 좋은(?) 인물이네요. 이렇게 살아서는 안 된다는 것을 너무나 강렬하게 깨우쳐주니까요.

이인국은 실제 인물인가요?

작가는 소설의 인물을 창조할 때 실제로 존재했던 인물을 끌어오기도 하고, 자신의 머릿속에서 만들어내기도 합니다. 예를 들어, 《칼의 노래》와 《덕혜옹주》의 주인공은 이순신과 덕혜옹주라는 역사적 인물에 작가가 상상력을 덧붙여 창조한 것이지요. 또한 〈상록수〉의 주인공 채영신은 당시 농촌 계몽 운동에 헌신한 최용신이라는 인물을 모델로 만들었다고 합니다.

반면에 장편 《완득이》나 《몽실 언니》, 단편 〈소나기〉의 주인공은 작가가 만들어낸 허구의 인물이에요. 물론 작가가 보고 들은 주변 인물들의 모습이 소설 속 인물의 모습에 자연스럽게 녹아들어 있기는 하지만요. 〈꺼삐딴 리〉의 이인국도 역시 작가가 만들어낸 인물이랍니다. 만약 이인국이 실제로 존재했던 인물이었다면 작가가 창작 후기에서 밝혔거나 후대 학자들의 연구에 의해 그 사실이 알려졌을 거예요.

작가는 우리 근현대사의 굴곡진 역사 속에서 기회주의자의 면모를 보이면서 살아갔던 여러 인물을 모델로 해서 작품 속 인물 이인국을 창조했을 것입니다. 부끄러운 이야기지만 우리 역사를 들여다보면 이인국과 비슷한 삶을 살았던 인물을 여럿 찾을 수 있으니까요.

그런데 작가가 창조해 낸 이인국이 유난히 실제 인물인 것처럼 느껴지는 것은 왜일까요? 그것은 그가 맞닥뜨린 시대 상황이 일제강점기, 해방, 한국전쟁, 4·19 혁명 등 우리 근현대사의 사건들을 고스란히 담고 있기 때문입니다. 그리고 각 시대 상황 속에서 그가 보여주는 행동이나 말 또한 매우 사실적이고 생생해서 이런 인물이 꼭 있었을 것만 같은 느낌이 드는 것이지요.

작가는 이인국을 실제 인물처럼 보이게 하려고 등장인물의 이름에도 신경을 썼습니다. 작품 속에 등장하는 스텐코프 소좌가 한 예인데요, 그의 모델이 된 인물은 북한 주둔을 책임졌던 소련군 총사령관

'스찌꼬프'입니다. 그리고 '브라운'이라는 인물도 남한 주둔군 책임자인 하지 중장을 돕던 부사령관 '브라운'을 연상시킵니다.

결국 작가는 우리 근현대사를 살아오면서 기회주의적인 모습을 보였던 여러 인물을 관찰하여 그런 면모를 가장 잘 보여줄 수 있는 인물로 '이인국'을 만들어낸 것이지요. 그리고 이인국을 실제 인물처럼 살아 움직이게 하기 위해 시대 상황을 매우 생생하게 그려내었고, 그의 말이나 행적뿐 아니라 주변 인물들까지 치밀하게 계산하고 계획하여 썼던 것입니다. 그래서 독자는 실제 일어난 일인 것처럼 빠져들어 분노하거나 안타까워하면서 소설을 읽게 되지요. 허구의 인물 이인국을 우리 머릿속에 실제 인물처럼 살아 움직이게 하는 작가의 솜씨가 놀랍지요? 이것이 바로 작가의 힘입니다.

친일의 길로 나아간 문인들

한용운, 이상화, 이육사, 윤동주처럼 일제에 저항하는 시를 쓴 문인도 있었지만, 부끄럽게도 친일의 길로 나아간 문인들도 있었습니다. 그 가운데 대표적인 몇 사람의 친일 행적과 친일 작품을 살펴볼까요?

이광수

최초의 근대 장편소설 《무정》을 쓴 이광수는 우리나라 근대문학을 연 작가로 평가받지만 또한 103편이나 되는 친일 글을 발표했던 인물입니다. '가야마 미쓰로'로 창씨개명한 이광수는 〈창씨와 나〉(1940)라는 글에서 "나는 천황의 신민이다. 내 자손도 천황의 신민으로 살 것이다. 이광수라는 씨명으로도 천황의 신민이 못 될 것이 아니다. 그러나 가야마 미쓰로가 조금 더 천황의 신민답다고 나는 믿기 때문이다."라면서 창씨개명을 합리화하고 선동하였습니다.

그리고 《그들의 사람》이라는 연재소설에서 "순순히 일본 국민의 길을 걸어 나아가야 할 것"이라고 하였으며, 〈징병과 여성〉이라는 글에서는 "그동안 조선 사람 남자들은 병정이 못 되었으니 반편 국민 노릇을 한" 셈이라며 국민 노릇을 하기 위해 징병에 나가야 한다고 주장했습니다. 1944년 새해 아침에 발표한 시 〈새해〉에 나타난 일제 찬양은 읽기조차 민망할 지경입니다.

김동인

김동인(창씨명: 권토 후미히토)은 〈감자〉, 〈배따라기〉 같은 단편소설을 통해 근대문학 확립에 이바지한 작가로 평가받고 있지만 그의 친일 행보도 놀랍습니다. 1938년 〈국기〉라는 산문에서 "광명의 원천인 태양의 단순간결한 표시인 일장기는 실로 국기로서 최우수한 자"라고 일본의 국기를 찬양하였습니다.

또한 1942년 〈감격과 긴장〉이라는 글에서 "국가가 명하는 일은 다 못 하나마 국가가 '하지 말라'는 일은 양심적으로 피하련다. 국가가 '좋다'고 인정하는 일은 내 힘자라는 데까지 하련다. 이미 자란 아이들은 할 수 없지만 아직 어린 자식들에게는 '일본과 조선'이 별개 존재라는 것을 애당초부터 모르게 하려 한다. 대동아전이야말로 인류 역사 재건의 성전인 동시에 나의 심경을 가장 엄숙하게 긴장되게 하였다."라고 해 조선인이라는 사실을 망각하고 몸과 마음까지 철저히 일본인이 되고 싶어 하는 약삭빠른 문학가의 모습을 보여주었습니다.

1944년 〈반도민중의 황민화 - 징병제 실시 수감〉이라는 글에서는 조선인 학병의 입영을 선동하였으며, 백제 멸망을 소재로 한 장편소설 《백마강》에서는 마치 내선일체가 역사적으로 근거가 있는 것처럼 그려내기도 했습니다. 그런데 그의 이름을 딴 '동인문학상'이 1955년 만들어져 지금까지 권위 있는 문학상으로 꾸준히 시상되고 있다는 사실은 역사의 아이러니가 아닐 수 없습니다.

주요한

우리나라 최초의 자유시 〈불놀이〉로 한국 근대시 형성에 선구적 업적을 남겼다는 평가를 받는 주요한(창씨명: 마쓰무라 고이치) 역시 일제강점기 철저한 친일의 길로 나아갔던 대표적인 작가입니다.

그가 쓴 대표적인 친일시는 〈첫 피 - 지원병 이인석 군에게 줌〉입니다. 그는 이인석의 입을 빌려 조선 청년들에게 전쟁터로 나갈 것을 적극적으로 선동하였습니다. 그는 해방 후 장관으로, 국회의원으로, 또 기업인으로 주도적 활동을 하며 각종 직책을 맡았고 훈장까지 받았습니다.

서정주

해방 후 남한 문단의 주도권을 쥐고 최고 시인으로 평가받은 서정주(창씨명: 다츠시로 시즈오)는 일제의 권유에 의해서가 아니라 자발적으로 친일의 길로 들어선 작가입니다. 그는 1942년 《매일신보》에 평론 〈시 이야기 - 주로 국민시가에 대하여〉를 발표하면서부터 본격적으로 친일 글들을 창작하기 시작하였습니다. 평론 1편, 시 4편과 시인인 그가 굳이 쓰지 않았어도 될 단편소설 1편, 수필 3편, 르포 1편 등이 현재까지 발견되었습니다. 1944년 12월 발표한 〈송정오장 송가〉는 대표적 친일 작품인데요, 자살특공대인 카미카제가 되어 전사한 조선의 소년 병사 인재웅의 죽음을 찬양하는 내용입니다.

그러나 서정주는 해방 후, 자신의 친일은 "하늘의 뜻에 따른 것(종천)이다. 일본이 일이백 년은 더 조선을 지배할 줄 알았다."라는 등의 반성 없는 변명으로 일관하였습니다.

왜 이야기 순서를 섞어놓았나요?

이야기의 시간적 배경이 왔다 갔다 해서 이해하기 힘들다고요? 맞아요. 수술을 끝내고 브라운을 만나러 가는 짧은 일정 속에 지난 15년간 있었던 일을 회상하는 내용이 들어 있어서 복잡하게 느껴질 수 있어요. 그럼 소설 내용을 한번 정리해 볼까요.

1960년대 초 현재

수술을 마치고 나온 이인국이
청자를 싸 들고 브라운을 만나러 감.

1945년 8월 과거

해방을 맞아 '친일파 타도' 벽보를 보며
불안해하던 중 춘석과 마주침.

1945년 2월 더 과거

병보석으로 가출옥해서 병원을 찾아온
사상범 환자 춘석을 내쫓음.

1945년 8월 과거

들어오는 소련군을 보며 어수선한
해방 분위기에 불안해 함.

1960년대 초 현재

'북한 소련 유학생 서독으로 탈출'이라는
기사를 보고 아들을 생각함.

1949년 과거

소련군 장교 스텐코프의 도움으로
아들을 소련으로 유학 보냄.

1960년대 초 **현재**

소식이 끊어진 아들을 걱정하며 차에서 내림.

1945년 8월 **과거**

민족반역자로 처벌받기 직전
스텐코프의 혹을 떼주고 신임을 얻음.

1960년대 초 **현재**

미국대사관 직원인 브라운에게
미국에 가게 되었다는 말을 듣고 기뻐함.

이제 좀 더 잘 이해되지요. 그런데 시간 순서대로 쓰면 이해하기 쉬울 텐데 왜 이렇게 사건을 뒤죽박죽 섞어놓았을까요? 왜 중간중간에 계속 옛날 일을 회상하는 독특한 구조를 사용했을까요?

소설은 꼭 시간 순서대로 이야기를 진행하지는 않는답니다. 이유가 뭐냐고요? 드라마를 한번 생각해 봐요. 드라마에서 주인공이 이해할 수 없는 행동을 했는데 나중에야 그런 행동을 한 까닭이 밝혀지는 경우가 종종 있지요. 시청자들은 이유를 알 수 없는 주인공의 행동을 보며 궁금증을 갖고 온갖 상상과 추측을 하면서 드라마를 지켜보게 됩니다. 더 흥미롭게 드라마를 보게 되는 것이지요. 그리고 나중에 그 까닭을 알았을 때 앞 행동과 연결 지으며 '그랬구나!' 하고 고개를 끄덕이게 됩니다. 자기 예상이 맞았으면 뿌듯해하기도 하고요.

소설도 마찬가지입니다. 시간 순서대로 이야기하면 이해하기는 쉽겠지만 긴장감이나 호기심, 흥미를 이끌어내기는 어렵습니다.

김유정의 소설 〈동백꽃〉의 첫 장면은 이렇게 시작됩니다.

오늘도 또 우리 수탉이 막 쪼이었다. 내가 점심을 먹고 나무를 하러 갈 양으로 나올 때이었다. 산으로 올라서려니까 등 뒤에서 푸드덕 푸드덕 하고 닭의 횃소리가 야단이다. 깜짝 놀라며 고개를 돌려 보니 아니나 다르랴 두 놈이 또 얼리었다.

이 부분을 읽으면 '왜 수탉이 싸우는 걸까? '또'라니, 그럼 그전에도 싸웠다는 말이네.' 등의 생각을 하게 됩니다. 도대체 어떻게 된 일인지 궁금해하며 글을 읽기 시작하는 것이지요.

이제 〈꺼삐딴 리〉로 돌아갑니다. 앞부분이 수술실에서 나온 이인국이 브라운을 만나러 가기 전에 딸에게서 온 편지를 다시 펴 보는 것입니다. 사람들은 이 장면을 보면서 '브라운'이란 사람은 누구고, 왜 만나려는 건지, 딸에겐 어떤 사연이 있는지 등을 궁금하게 여길 겁니다. 궁금함이 생기면 소설 뒷부분을 빨리 읽어보고 싶어지지요. 과거부터 시간 순서대로 이인국의 삶을 보여주었더라면 아마 이런 궁금증은 생기지 않았을 거예요. 즉 긴장감이나 궁금증을 불러일으킬 목적으로 시간 순서를 바꾸어놓은 것입니다.

또 다른 이유도 있습니다. 국어 시간에 소설의 구성 단계에 대해 배웠나요? 소설은 보통 '발단-전개-위기-절정-결말'이라는 단계로 이루어져 있습니다. 갈등이 시작되어서 점점 커지다가 마침내 해결되는 구조이지요.

여러분이 초등학교 때 읽었던 〈방구 아저씨〉란 소설을 예로 들어볼까요? 일본 산림관이 방구 아저씨가 아끼는 괴목장을 탐냈지요(발단). 그래서 이장도 보내고 자기도 찾아와 괴목장을 달라고 했지만 아저씨는 거절했습니다(전개). 그런데 일본 순사가 찾아와 나무를 베었다는 이유로 아저씨를 잡아가려고 했습니다. 사실 괴목장을 빼앗으려는 속셈이었지요. 물론 아저씨는 순순히 따르지 않았어요(위기). 그러자 화가 난 일본 순사가 조선말을 썼다며 방구 아저씨를 마구 때렸고(절정), 결국 아저씨는 피를 흘리며 쓰러져 죽고 말았지요(결말).

그러나 〈꺼삐딴 리〉는 그런 구조를 따르지 않습니다. 갈등이 고조되거나 해결되는 모습은 찾아볼 수 없고, 현재의 행동 중간중간에 그가 어떤 인물인지를 보여주는 과거 사건들이 끼어들어 있습니다 이런 구성 방식은 어떤 이의 인물됨을 드러내기에 좋은 방법입니다. 이런 구성의 소설을 읽고 나면 독자들은 이야기의 줄거리보다는 등장인물에 대한 인상이 더 깊이 남기 때문입니다. 여러분 머릿속에도 줄거리보다는 이인국이란 인물에 대한 인상이 더 깊이 남아 있지요?

이런 이유 외에 이 소설에서 또 다른 의도도 읽어낼 수 있습니다.

첫 장면에 나온 이인국은 큰 병원의 원장으로 부와 명예를 다 가진 의사이지요. 그러나 소설을 읽어가다 보면 성공한 의사인 줄만 알았던 이인국이 친일에서 친소로 다시 친미로, 변절을 거듭해 온 기회주의자임이 하나씩 하나씩 드러납니다. 온갖 고난 속에서도 독립을 위해 몸 바쳤던 분들이 해방 후 힘들고 어려운 삶을 살았던 것과는 대비되지요.

소설을 보며 사람들은 '아, 훌륭한 의사인 줄 알았는데 알고 보니 이런 비겁한 짓을 하면서 부와 명예를 누려왔구나.' '민족이나 양심 따위는 내동댕이친 친일파가 이렇게 잘살고 있다니 뭔가 잘못된 것 아닌가?' 이런 생각을 하게 되겠지요.

이 소설의 이런 구성 방식은 인물이 현재와 같은 삶을 살고 있는 것이 옳은 일인지를 깊이 따져보게 합니다. 독자는 이인국 같은 인물이 계속해서 부와 명예를 누리는 것은 부당하다는 것을 금방 알아차리게 됩니다. 나아가 독자들은 이인국에 대한 평가에 머무르지 않고, 그와 비슷한 삶을 살아온 실제 인물들을 떠올려 보면서 반민족 행위를 제대로 청산하지 못한 우리의 현대사를 반성적으로 돌아볼 수도 있을 것입니다.

이제 과거와 현재를 계속 섞어놓은 이 소설의 구성 방식이 독자의 호기심을 유발하고, 인물에게 초점을 맞추게 만든다는 것, 그리고 인물의 과거를 되짚어 가면서 그의 삶을 평가하고, 나아가 해결되지 않은 현대사의 문제까지도 반성적으로 돌아보게 한다는 것을 알게 되었지요?

2

시대상을 들여다보다

자위대와 치안대는 다른 건가요?

자위대가 치안대로 바뀐 다음 날이다. 이인국 박사는 치안대에 연행되었다.

자위대가 치안대로 바뀐다는 것은 무슨 말일까요? 이를 이해하려면 역사에 대한 배경지식이 좀 필요합니다.

해방 후 일본군이 철수하고 나자 치안을 유지하기 위해 여러 단체들이 조직되었습니다. 대표적인 단체가 '자위대, 치안대, 적위대'입니다. 이 단체들은 해방 후 질서를 바로잡고 치안을 유지하려는 큰 목표는 같았지만, 구체적인 목표나 방법은 조금씩 달랐습니다. 그래서 서로 세력을 확장하기 위해 충돌을 일으키기도 하였습니다.

여러 자료들을 보면 자위대보다 치안대가 친일파를 처벌하고 청산하는 데 좀 더 적극적이었다고 합니다. 그러므로 '자위대가 치안대로 바뀌었다.'라는 말은 친일파를 처벌하는 데 더 적극적인 단체가 주도권을 잡았다는 뜻입니다. 그러니 친일파인 이인국이 치안대에 잡혀가는 것은 당연한 일이었겠지요?

그런데 '해방 후 치안을 유지하기 위한 단체가 여럿 조직되어 서로 주도권 다툼을 벌이다가 친일파 척결에 적극적인 단체가 세력을 잡았다.'라고 풀어서 쓰면 이해하기 쉬울 텐데, 왜 '자위대가 치안대로 바꾸었다'고 표현했을까요?

　그것은 '자위대', '치안대'라는 실존 단체의 이름을 씀으로써 소설의 현실성을 높이기 위해서입니다. 소설은 작가가 허구적으로 구성한 이

야기이지만 현실에서 일어날 만한 일이어야 합니다. 해방 후 실제로 존재했던 단체의 이름을 보면서 독자는 소설 속 사건들이 당시 우리나라 어느 곳에서 일어난 사건일 수도 있겠다는 생각을 하게 됩니다.

이제 '자위대', '치안대'라는 구체적인 단체 이름을 쓴 이유는 알겠지요? 그런데 각 단체의 특징을 좀 설명해 주면 좋았을 것 같다고요? 역사 기록물이라면 각 단체의 특징을 자세히 설명했겠지요. 그러나 소설은 다릅니다. 소설에서는 주제를 효과적으로 드러내기 위해 어떤 부분은 아주 구체적으로 표현하고 또 어떤 부분은 간단히 서술하거나 아예 생략하기도 합니다.

이 소설에서는 시대적 배경이 해방 직후이고, 이인국이 친일 행위를 했기 때문에 처벌받을 수밖에 없다는 것을 짤막하면서도 자연스럽게 말해 주는 정도면 충분합니다. 그러므로 '자위대'나 '치안대'에 대한 자세한 설명은 필요하지 않고, '자위대가 치안대로 바뀌었다.'라고만 해도 말하려는 바를 모두 전할 수 있습니다. 사건 전개에 꼭 필요한 만큼만 제시하는 '문학다운 표현 방법'이라 할 수 있겠지요. 이것이 소설이 역사 기록과 다른 점입니다.

친일파가 무엇인가요?

'친일파, 민족반역자를 타도하자.'
옆에 붉은 동그라미를 두 겹으로 친 글자가 그대로 눈앞에 선명하게 보이는 것만 같다.

해방이 되어 온 국민이 기뻐할 때 이인국은 '친일파, 민족 반역자를 타도하자.'라는 벽보를 보고 뜨끔합니다. 그리고 '나야 원 괜찮겠지…….'라며 스스로를 위안합니다. 그런데 친일파가 무엇인지 잘 모르겠다고요? 그냥 일본과 친하게 지내면 친일파냐고요?

친일파의 의미와 기준, 범위 등을 좀 더 자세히 알아볼까요?
《친일인명사전》에서는 친일파를 "1905년 을사조약 전후부터 1945년 8월 15일 해방에 이르기까지 일본 제국주의의 국권 침탈·식민 통치·침략 전쟁에 적극 협력함으로써, 우리 민족 또는 타 민족에게 신체적·물리적·정신적으로 직간접적 피해를 끼친 자"라고 정의하고 있습니다. 즉 일제에 협력하면서 우리 민족이나 타 민족에게 고통과 피해를 준 자들이 친일파입니다.

그런데 일본군에 지원해서 간 사람, 일본인이 경영하는 회사에 다닌 사람, 일본 유학을 위해 창씨개명한 사람, 이런 사람들도 일본에 협력한 사람들이니 친일파라고 할 수 있을까요? 이런 사람들을 무조건 친일파라고 하면 그 범위가 너무 넓어질 수 있고, 그러다 보면 정작 진짜 친일을 했던 사람을 올바로 가려낼 수 없습니다. 그래서 '자발성'을 가장 중요한 친일 기준으로 삼습니다. 일본군에 자발적으로 지원해 간 사람은 친일파이겠지만 지원이라는 미명하에 어쩔 수 없이 끌려간 사람들은 친일파라 볼 수 없겠지요. 지금부터 예로 드는 사람들이 바로 '자발적'으로 일본에 협조한 대표적인 친일파입니다.

국새를 훔쳐 조선을 일본에게 넘긴다는 문서에 도장을 찍은 벼슬아치들은 대표적인 친일파입니다. 이들은 나라를 팔아넘긴 대가로 일본에게서 많은 돈과 영예를 얻었습니다. 물론 후세에는 '매국노'라고 불리며 손가락질을 받고 있지요. 지주나 자본가 중에는 일제에 비행기를 헌납하거나 엄청난 방위성금을 낸 사람이 있습니다. 이들은 일제가 준 각종 도·부·읍·면 의원이라는 감투를 자랑스럽게 받아 일제가 우리나라를 쉽게 지배할 수 있도록 여러 가지 도움을 줍니다. 이들은 말할 것도 없이 친일파이지요.

다음으로, 친일파의 상징적 존재로 드라마나 영화에서 흔히 볼 수 있는 경찰을 들 수 있습니다. 일제의 손발 노릇을 하며 독립운동가를 잡아들여 온갖 고문을 일삼았지요. 그리고 무장 독립운동을 총칼로 진압했던 군인들, 군수나 검사 등의 벼슬을 했던 고급 공무원들도 빼놓을 수 없는 친일파입니다. 식민 통치의 최전선에서 온갖 인적·물적 수탈을 앞장서서 했으니까요.

지식인들 중에서도 '조선임전보국단', '국민총력조선연맹' 등의 친일 단체에 가입하여 각종 친일 의식을 고취하는 방송과 강연을 하고 글

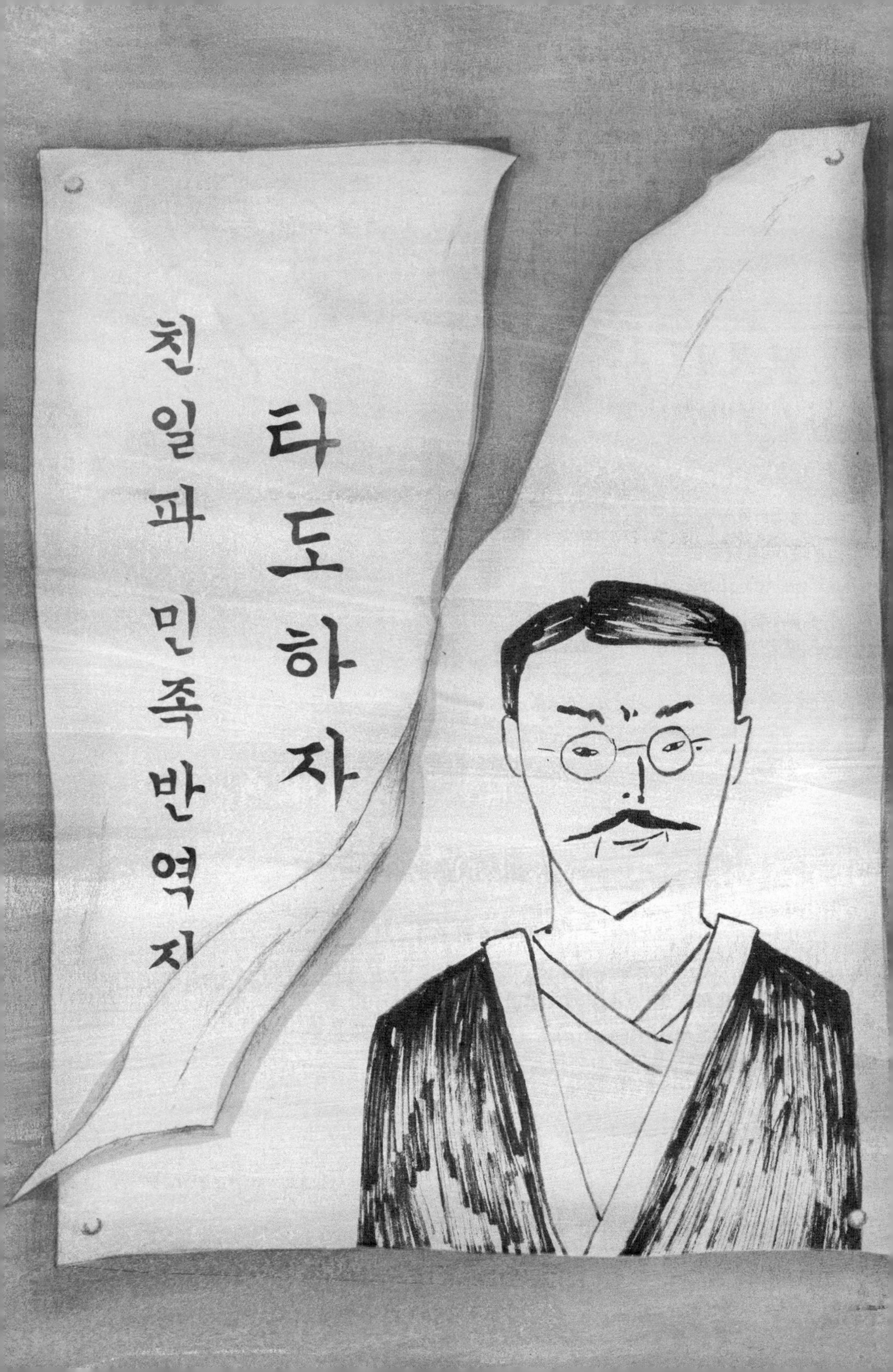
타도하자
친일파 민족반역자

을 쓰는 부끄러운 행동을 한 사람들이 있는데 이들도 역시 친일파입니다. 일본을 찬양하는 글들을 적극적으로 실어준 언론사들도 마찬가지입니다. 민족의 정신적 힘이 되어야 할 지식인과 언론인들의 친일은 사람들에게 더욱 심각한 해악을 끼쳤지요. 이인국도 빠질 수 없습니다. 우리말을 버리고 일본어 쓰기에 매진하여 '국어상용의 가'가 된 것을 영광으로 생각하고, 일본인들과 적극적으로 교류하여 관선 시의원을 지냈으며, 모범적인 황국신민이 되려고 독립운동가의 치료도 거부했습니다. 춘석이 잡혀 온 이인국에게 했던 말은 일제에게 핍박받았던 우리 동포들이 친일파에게 꼭 하고 싶었던 말일 겁니다.

"쪽발이 끄나풀."
"왜놈의 밑바시, 이 개새끼야."
"민족과 조국을 팔아먹은 이 개돼지 같은 놈아."

그러나 그런 말을 듣고도 철저한 친일파였던 이인국은 전혀 양심의 가책을 느끼거나 부끄러워하지 않습니다. 그저 자기 앞날만을 걱정할 뿐이지요.

일제강점기에는 일본말을 써야 했나요?

〈꺼삐딴 리〉에서 이인국은 '國語常用의 家(국어상용의 가)'라는 글이 쓰인 액자를 가지고 있어요. 여기서 '국어'는 일본어를 말하는 거예요. 그러니까 '일본어를 사용하는 집'이라고 일제가 인정을 해준 것이지요. 그렇게 일본어만 써오던 이인국은 해방되고 나서 우리말을 쓰는 데 오히려 어색함을 느끼기까지 합니다.

그런데 일제가 일제강점기 내내 우리말을 사용하지 못하게 한 건 아니에요. 1921년에 '조선어연구회(1931년에 '조선어학회'로 이름을 바꿈)'가 설립되어 우리 말과 글을 연구하기도 했고, 1927년에는 《한글》이라는 기관지를 발간하기도 했으니까요. 그리고 1934년에는 '한글 맞춤법 통일안'이 만들어지기도 했습니다. 그러다가 1938년에 일제가 '민족 말살 정책'을 펴면서 한글 교육을 금지해 버렸어요. 그러면서 강제로 일본어를 사용하도록 했죠. 또 그 이후에는 '황국신민'과 '내선일체'를 내세우며 '창씨개명'을 통해 이름까지 일본식으로 바꾸게 했답니다.

일제강점기, 힘들었던 우리 민족의 삶을 한 초등학생의 일기를 통해 살펴볼까요.

일제 말 어느 초등학생의 일기

국어상용패
1941년 ○월 ○일. 날씨 : 비 오다가 갬

오늘 학교에 가니 담임 선생님께서 일본어가 우리 국어임을 명심하라며 '국어상용패'라는 것을 주었다. 당번인 내가 들고 있다가 조선말을 사용하는 친구가 있으면 재빨리 이 패를 넘겨주라는 것이었다. 그리고 그 친구는 또 다른 친구를 감시하고 있다가 누군가 조선말을 사용하면 이 패를 그 친구에게 넘겨주면 된다고 말씀하셨다. 학교를 마치고 집에 갈 때 그 패를 들고 있는 학생은 선생님께 벌을 받는다고 했다. 그런데 오늘 상희가 마지막에 그 패를 들고 있게 되었다. 선생님께서는 상희를 불러서 누가 몰래 조선말을 쓰는지, 집에서는 일본말을 쓰는지 등을 따지듯이 꼬치꼬치 묻고 난 뒤 벌을 주었다. 상희는 울면서 집으로 갔다. 2년 전부터는 아침에 눈뜰 때부터 밤에 잠들 때까지 어른아이 할 것 없이 일본말만 써야 한다. 꿈도 일본말로 꿔야 한다고 선생님께서 말씀하셨다. 그러면서 일본말을 잘하는 학생에게는 일본을 상징하는 벚꽃 모양의 휘장을 달아주셨다.

조선말로는 관공서에 가서 서류를 접수할 수도 없다. 저번에 영희 동생이 태어났을 때에도 우리 동네 이장님을 모셔 가서 일본어로 출생 신고를 했다고 한다. 영희 부모님은 일본어를 할 줄 모르기 때문이다.

아참, 이번 달부터 옆집 현욱이 오빠가 학교를 그만두었다. 왜 그런지 궁금했는데 오늘에야 그 이유를 알았다. 현욱이 오빠의 담임 선생님이 이름이 적힌 명찰 열 장을 주고 우리말을 할 때마다 한 장씩 빼앗아 가는 제도를 실시했다고 한다. 그런데 그만 현욱이 오빠가 그 명찰 열 장을 다 빼앗겨서 부모님이 학교에 불려 갔단다. 한 번 더 불려 가면 정학을 당한다고 하자 오빠의 할아버지께서 "야! 그놈의 학교, 당장 때려치워라."라고 해서 학교를 그만두게 되었다고 한다.

학교가 점점 가기 싫다.

창씨개명
1941년 ○월 ○일. 날씨 : 맑음

우리 동네 순례는 아직 창씨개명을 하지 않아 학교에 가지를 못한다. 창씨개명은 성과 이름을 일본식으로 바꾸는 것을 말한다. 순례는 동생을 업고 마을 어귀에서 우리가 학교 가는 것을 부러운 눈으로 바라본다. 창씨개명을 하지 않으면 나중에 선생님도 공무원도 될 수 없다. 식량과 물자 배급을 받을 수도 없다. 순돌이 아버지도 이름을 일본식으로 바꾸지 않아 다니던 직장에서 쫓겨났다. 어떤 때는 일본 순사가 집을 찾아와 순돌이 아버지가 어디로 가는지 뒤를 밟기도 한다. 결국 노무 징용 우선 대상자로 정해져서 징용에 끌려갈 것이라는 소문이 마을에 쫙 퍼졌다.

우리 반 성완이는 창씨개명을 하지 않아 선생님께 이마에 먹으로 'X'자 표시를 받고 난 뒤 울면서 집으로 돌아갔다. 내일 부모님을 모셔 오라며 선생님께서 고함을 치셨다.

이제까지 부르던 이름 대신에 일본식으로 이름을 부르자니 너무 낯설고 어색하다. 며칠 전 집으로 돌아오는 길에 같이 가려고 앞서가던 '타케오'를 불렀는데 돌아보지 않아서 나한테 화가 난 줄 알았다. 그런데 알고 보니 자기를 부르는 줄 몰랐다고 한다. 집에서 부르던 이름이 '홍경'이었는데 학교에 오면서 '타케오(武雄)'라고 바꿨다고 한다. 그래도 그건 참을 만한데 잘못해서 원래 이름을 부를까 봐 긴장된다. 조선말로 된 이름을 부르다 들키면 선생님께 벌을 받기 때문이다. 왜 잘 부르던 이름을 바꿔야 하는지 모르겠다. 선생님이 무섭다.

황국신민의 서사
1942년 ○월 ○일. 날씨 : 맑음

오늘도 학교에 등교하자마자
운동장에 줄을 서서 천황이
살고 있는 일본을 향해 절을
했다. 그리고 '황국신민의 서사'라는 것을 외웠다. 이 황국신민
의 서사는 천황의 충성스러운 신하와 백성이 되자는 맹세를
담고 있는데, 어느 책이나 맨 뒷장에 인쇄되어 있다. 이것을 못
외우면 선생님에게 벌을 받는다. 1년 전부터 우리가 다니는 보
통학교를 '국민학교'라고 바꾼 이유도 '황국신민을 기르는 학
교'라는 뜻을 담기 위해서라고 한다.
서울 남산에 가면 화강암으로 쌓아 올린 '황국신민 서사탑'이
라는 커다란 탑이 있는데, 우리가 조례 때마다 외우는 것을
거기 새겨놓았다고 한다. 서울역에서 남산 쪽으로 보면 제일
먼저 눈에 띄는 게 이 탑이다. 참, 남산에는 '조선신궁'이라는
엄청나게 넓은 건물도 있는데, 그곳에는 일본의 국조신과 천황
의 위패가 있다고 한다. 선생님께서는 6학년이 되면 우리 모두
참배를 갈 것이라고 했다. 할머니께서는 우리 시조가 단군할
아버지라고 하셨는데 왜 거기 가서는 참배하지 않는 걸까?
외사촌 오빠 학교에서는 돌멩이에다가 '황국신민의 서사'를 써
서 책상 위에 두고 외우게 했다고 한다. 저번에 외가에 놀러

갔을 때 오빠가 보여주었다.

이걸 외우고 있으면 선생님 말씀처럼 내가 일본 사람이 된 것 같은 느낌이 든다. 그런데 이상하다. 기분이 좋지는 않다. 왜 그럴까?

전쟁 준비하기

1944년 ○월 ○일. 날씨 : 흐림

오늘은 일장기를 들고 전쟁터로 나가는 군인들을 환송하러 기차역에 갔다. 이웃에 살던 오빠가 빡빡 깎은 머리를 푹 숙인 채 기차를 타는 모습이 마치 도살장에 끌려가는 소 같아서 나도 모르게 한숨이 나왔다. 우리는 선생님의 지시에 따라 열심히 일장기를 흔들며 환송을 했다. 하지만 힘없이 뒤를 돌아

보던 그 모습을 떠올리니 눈물이 난다.

군인들을 환송하고 학교로 돌아왔다. 첫 시간은 체육 시간이었지만 요즘은 체육을 하지 않는다. 군대에서 쓸 기름을 마련한다고 운동장을 밭으로

만들어 해바라기, 아마, 피마자 같은 것을 심어놓았기 때문이다. 우리는 들에 나가 모두 메뚜기를 잡았다. 남자애들은 산에 가서 소나무에 홈을 파서 송진을 채취했다. 그렇게 모은 물자는 모두 군대로 보낸다고 한다. 주어진 양을 채우지 못하면 안 된다고, 눈을 부릅뜬 선생님께서 얼마나 무섭게 다그치는지 정신이 하나도 없었다.

최근에는 교실에서 수업을 하는 대신 병사들에게 보낼 위문 봉투를 접거나, 여학생인데도 밖에 나가 군사 훈련을 받는 일이 많다.

우리 학교 근처에 있는 중학생 언니, 오빠들은 전쟁 식량을 좀 더 많이 생산해야 된다면서 여름방학도 없이 '학생근로보국대'라는 이름으로 들에 나가 일을 하고 있다.

유근이네는 조상 대대로 내려오던 놋그릇을 빼앗기지 않으려고 땅을 파고 묻어놓았다고 한다. 절대 비밀이라며 유근이가 나에게 살짝 말을 해주었다. 주재소의 주재원이 집집마다 돌아다니면서 총알을 만드는 데 쓰려고 놋그릇을 빼앗아 가기 때문이란다.

언제 전쟁이 끝날지 모르겠다. 무섭다.

'나미꼬'가 왜 해방 후에 거슬리는 이름이 되었나요?

미국에 가 있는 딸 나미. 본래의 이름은 일본식의 나미꼬[奈美子]다. 해방 후 그것이 거슬린다기에 '나미'로 불렀고, 새로 기류계에 올릴 때는 꼬[子] 자를 완전히 떼어버렸다.

왜 '나미꼬'라는 이름이 해방 후에 거슬리는 이름이 되었는지 궁금하다고요? 이 궁금증을 풀려면 먼저 창씨개명에 대해 알아야 해요.

원래 일본은 조선 사람들이 일본식 이름 쓰는 것을 엄격하게 금지했어요. 조선인들은 2등 국민이므로 1등 국민인 일본인들과 같은 이름을 써서는 안 된다는 이유에서였지요. 그러나 1940년 2월부터 조선인의 희망에 따라 실시하게 되었다고 말하며, 우리나라 사람들에게 일본식 성과 이름을 쓰도록 권장하였습니다.

쓰지 못하게 하던 일본 이름을 왜 갑자기 권장하게 되었을까요? 조선인들을 1등 국민으로 인정한 걸까요? 그들 말처럼 우리나라 사람들이 정말 원한 것일까요?

일본이 창씨개명을 권장한 진짜 이유는 식민지 통치를 강화하는 데 필요했기 때문입니다. 더 구체적으로 알아볼까요. 우리 이름을 빼앗아서 민족 정체성을 사라지게 하려는 의도가 있다는 건 금방 짐작

하겠지요? 그리고 일본식 이름을 갖게 되었으니 조선인에 대한 차별이 없어졌다고 선전하며 우리나라 사람들을 회유하려는 속셈도 있었어요. 거기다가 아주 현실적인 이유도 있었답니다. 일본이 전 세계를 대상으로 전쟁을 일으키고 보니 전쟁터에 내보낼 젊은이가 모자랐던 거예요. 그래서 일본 청년뿐 아니라 조선 청년들도 전쟁터로 끌고 가야 했지요. 이때 일본 이름을 붙이는 걸 허용해서 조선인을 차별하지 않는 척하면 조선 청년들을 더 쉽게 전쟁터로 끌고 갈 수 있을 것이라고 생각했답니다.

이런 의도가 있었기 때문에, 일본은 조선 사람의 창씨개명을 '권장'한다고 했지만 실제로는 '강요'했답니다. 유명한 인물을 내세워 창씨개명을 독려했고, 지역별로 창씨개명한 사람의 숫자를 비교하면서 읍장이나 면장에게 창씨개명을 많이 시키라는 공문을 보내기도 했습니다. 그리고 창씨개명을 하지 않은 사람들에게는 엄청난 불이익을 주었습니다. 이렇게 강요한 결과, 처음 3개월 동안 7.6퍼센트에 불과했던 창씨개명자 수가 6개월 뒤에 무려 79.3퍼센트로 늘어났습니다. 일본이 창씨개명하지 않은 사람에 대해 세운 방침을 보면 정말 놀랍습니다.

창씨개명을 하지 않을 경우

① 자녀에 대해서는 각급 학교의 입학과 진학을 거부한다.

② 교원들이 아동들을 이유 없이 질책·구타하여서 아동들이 애원하여 부모들이 창씨를 하게 만든다.

③ 공·사 기관에 채용하지 않으며 현직자도 점차 해고 조치를 취한다.

④ 행정기관에서 다루는 모든 민원 사무를 취급하지 않는다.

⑤ 창씨하지 않은 사람은 비국민·불령선인으로 단정하여 경찰 수첩에 기입해서 사찰을 철저히 한다.

⑥ 우선적인 노무 징용 대상자로 지명한다.

⑦ 식량 및 물자의 배급 대상에서 제외한다.

⑧ 철도 수송 화물의 명패에 조선인 이름이 쓰인 것은 취급하지 않는다.

이러니 이름을 바꾸지 않고는 견디기 무척 힘들었겠지요. 창씨개명 '권장'이 큰 은혜인 양 떠들며 재빨리 이름을 바꾼 친일파들도 있었지만, 대부분의 사람들은 이런 강요 때문에 어쩔 수 없이 일본식 성과 이름을 쓰게 되었습니다. 물론 끝까지 이름을 바꾸지 않고 저항한 사람들도 있었어요.

그러나 해방이 되자 사람들은 일본 이름을 버리고 우리 이름을 다시 썼습니다. 사람들은 이름만 바꾼 것이 아니라 일본의 제도도 없애고 친일파들도 처벌하려고 나섰습니다. 세상이 이렇게 바뀌었으니 나미꼬란 일본식 이름은 당연히 거슬릴 수밖에 없겠지요. 특히 이인국은 자신의 친일 경력을 꽁꽁 숨겨야 할 테니 더욱 거슬렸을 겁니다.

그런데 이인국은 딸의 이름을 우리말식으로 바꾸지 않고 '꼬'라는 글자만 떼고 사용했네요. 혹시 '나미자'나 '미자' 같은 한자식 이름보다는 서양 느낌이 살짝 나는 '나미'란 이름이 더 멋지게 느껴졌던 것은 아닐까요?

이인국은 왜 딸이 미국인과 결혼하는 것을 싫어하나요?

'코쟁이 사위.'

생각만 하여도 전신의 피가 역류하는 것 같은 몸서리가 느껴졌다.

미국 유학을 간 딸 나미로부터 미국인 교수와 결혼하겠다는 편지를 받은 이인국은 강한 거부감을 드러냅니다. 그래서 저속한 표현도 서슴지 않고 내뱉지요.

그런데 이인국은 왜 나미의 결혼을 반대할까요? 일제강점기에 일본인과 결혼하는 것은 '당연한 것으로 해석했고, 어찌 보면 우월한 것으로 생각'했던 이인국이 미국인과 결혼하는 것은 왜 싫어할까요? 철저한 기회주의자인 이인국으로서는 강하고 힘센 미국 사람과의 결혼을 반겨야 하지 않을까요?

그 까닭은 예로부터 우리나라 사람들이 국제결혼에 대해 매우 부정적인 생각을 가지고 있었기 때문입니다. 우리 민족은 오랜 기간 잦은 침략을 받으면서 우리끼리 단결하려는 의식이 강해졌어요. 그런데 이러한 의식은 어려움을 극복하는 원동력이 되기도 하였지만 여러 가지 부작용을 낳기도 했답니다. 지나치게 혈통을 강조하는 순혈주의, 나와 소속이 다른 사람은 무시하고 차별하려는 배타주의나 지역주의가 그 대표적인 예이지요. 그러다 보니 다른 나라 사람과의 결혼을 바라보는 시선도 곱지 않았습니다. 전광용의 소설 〈세끼미〉에도 백인과 한국인 사이에서 태어난 주인공이 성장 과정에서 겪는 갈등이 잘 묘사되어 있습니다.

게다가 1950년대에 미군과 한국인 여성과의 결혼이 많아졌는데, 이들 중에 미군 부대 근처에서 일하던 여성들이 많았기 때문에 국제결혼을 바라보는 시각이 더욱 부정적으로 변해 갔습니다.

1980년대 후반 이후 외국과의 교류가 확대되고 해외 주재원이나 유학생이 늘어나면서 중상류층의 국제결혼이 늘어나게 되었고, 이에 따라 국제결혼에 대한 인식도 많이 달라졌습니다. 하지만 아직도 외국인과 결혼을 한다고 하면 이야깃거리가 되는 것이 현실입니다.

나미가 미국인과 결혼을 하려는 때는 1960년대이니 피부색이 다른 외국인과 결혼하는 것은 사람들에게 손가락질을 받거나 입에 오르내릴 수 있는 일이었겠지요. 그러니 이인국은 이 결혼을 받아들이고 싶지 않았을 겁니다.

그렇지만 이인국은 결국 마음을 바꿉니다. 딸 나미의 결혼이 자신에게 도움이 될 것이라고 판단한 것이지요. 후처 혜숙이 낳은 아들을 나중에 미국으로 유학 보낼 생각을 하며 '일찌감치 미국 혼반을 맺어 두는 것도 그리 해로울 건 없지 않나. 아무렴 우리보다는 낮게 사는 사람들인데, 좀 남 보기 체면이 안 서서 그렇지.'라고 생각하는 장면에서 그것을 알 수 있습니다. 참으로 기회주의자답지요?

참, 그런데 왜 일제강점기에는 일본인과의 결혼이 '당연'하거나 '어찌 보면 우월한 것'으로 여겨지기도 했을까요? 일본이 우리 민족을

말살하기 위해 일본과 조선은 한 몸이라는 내선일체론을 내세웠다
는 것은 알고 있지요? 이인국처럼 자신의 이익만을 생각하는 친일파
들은 이것을 적극적으로 받아들였기 때문에 일본인과의 결혼도 당연
하게 생각한 것이랍니다. 나아가 조선이 일본의 식민지였기 때문에 일
본인과의 결혼이 신분 상승의 기회라고 생각하는 조선인들도 있었다
고 합니다. 채만식의 소설 〈치숙〉에 나오는 '나'처럼 말이지요. 일본인
은 우리와 외모가 비슷하니 배우자나 자녀가 다른 사람들 눈에 띄어
체면이 깎일 걱정도 덜했을 겁니다.

인물의 실체를 파헤치다

이인국은 시계를 왜 그렇게 아끼나요?

시계는 목숨을 걸고 삶의 도피행을 같이한 유일물이요, 어쩌 보면 인생의 반려(伴侶)이기도 한 것이다.

요즘은 누구나 손쉽게 시계를 살 수 있습니다. 그리고 휴대 전화가 보편화되면서 굳이 시계를 가지고 다닐 필요도 없게 되었지요. 하지만 이인국이 제국대학을 졸업하던 일제강점기에 시계는 아주 귀중한 물건이었답니다. 그가 자신의 시계를 보며 '월삼 십칠석'이라고 하던 부분이 생각나나요?

'월삼 십칠석'은 미국의 시계 회사 '월섬(Waltham)'에서 만든 것으로, 시계의 표면은 18금으로 되어 있고 기어가 마모되는 것을 막기 위해 열일곱 개의 보석을 박아 넣은 고급 시계랍니다. 시계가 흔한 요즘도 비싼 가격으로 팔리고 있다니 시계가 귀했던 그 시절엔 얼마나 특별한 물건이었을지 짐작할 수 있겠지요? 게다가 제국대학을 우수한 성적으로 졸업한 학생에게만 주는, 뒤편에 자기 이름이 새겨진 수상품 시계이니 더욱더 소중하게 생각되었겠지요.

그런데 단지 비싸고 귀하며 특별한 추억이 담겨 있다는 이유만으로 이인국이 그토록 시계를 아끼는 것일까요?

이인국은 제국대학 의과대학에서 배운 의술을 기반으로 평생 호의호식하며 출세의 길을 달려갑니다. 해방 후 치안대에서 일생일대의 위기를 맞기도 하고 전쟁 때는 목숨을 걸고 삼팔선을 넘기도 하는 등여러 차례 어려움을 겪지만, 그때마다 그는 처세술과 의술을 바탕으로 위기를 모면하고 명성과 부를 쌓아갑니다. 이러한 그의 인생 역정에서 '시계'는 자신의 자랑인 의술을 상징하는 물건일 뿐만 아니라 생사고락을 함께해 온 분신과도 같은 존재이지요. 그러니 이인국이 '시계'를 아끼고 귀중하게 여기는 것은 당연한 일이 아닐까요? 이인국에게 시계가 어떤 존재인지는 스텐코프의 혹을 수술해 준 대가로 원하는 것을 무엇이든 얻을 수 있는 기회의 순간에 빼앗긴 시계를 찾아달라고 부탁하는 부분에도 잘 나타나지요.

그런데 이 소설에서 '시계'는 이인국이 어떤 인물인지 우리에게 상징적으로 알려주는 구실을 합니다. 독자들은 이인국이 '시계'를 소중하게 여기는 모습을 보면서 '시계'와 이인국을 동일시하게 되지요. 이인국의 '시계'가 우여곡절 많은 세월 속에서 아직도 제 기능을 유지하는 것이 이인국이라는 인물이 시대에 따라 변절하며 끈질기게 살아남은 모습과 유사하니까요. 그러고 보니 '시계'는 이인국에게 대단히 중요한 물건이면서 이 소설에서 이인국이 어떤 인물인지를 독자에게 알려주는 중요한 소재이기도 하네요.

이인국은 왜 외국어 공부를 열심히 하나요?

> 그는 간밤에 출감한 학생이 내던지고 간 노어 회화책을 첫 장부터
> 꼼꼼히 뒤지고 있을 뿐이다.

이인국은 친일파로 살다가 해방 직후 치안대에 잡혀가 감옥 안에서
생사를 장담할 수 없는 처지에 놓이게 됩니다. 그런 상황에서도 출감
한 학생이 두고 간 노어 회화책을 주워 공부를 합니다. 내일 당장 죽
을지도 모르는 상황에서 외국어 공부라니, 참 어울리지 않지요. 그러
나 이인국의 이런 행동은 자기 나름의 확신에 찬 처세술에서 나온 것
입니다.

일제강점기에 그는 누구보다도 열심히 일본어를 배웠고, 그의 자식
들을 일찌감치 일본 학교에 보낼 뿐 아니라 집에서도 일본어만 쓰게
해서 '국어상용의 가(國語常用의 家)'란 간판을 얻어냅니다.

일본이 민족정신을 말살하기 위해 우리 말과 글의 사용을 금지했
다는 사실은 여러분도 잘 알고 있지요? 우리말 연구에 힘쓰던 '조선
어학회' 회원들을 잡아다 감옥에 가두고 고문을 하여 두 분이 감옥
에서 돌아가시기까지 하였습니다. 이렇게 우리말글을 지키기 위해 목
숨까지 바친 분들과 달리 이인국은 우리말을 거리낌 없이 버릴 뿐 아

니라, 적극적으로 일본어를 배워 이를 출세하는 수단으로 삼았습니다. '국어상용의 가'란 종잇장 하나가 '일본인과의 교제에 있어서 떳떳한 구실'을 할 수 있게 해주기도 했으니까요.

이인국이 외국어 공부에 이토록 열심이었던 이유는 힘 있는 자, 권세 있는 자에게 가까워지려면 그들의 언어를 알아야만 한다고 확신했기 때문입니다. 아들에게 들려준 이인국의 말에 그의 생각이 잘 드러나 있지요.

"야 원식아, 별수 없다. 왜정 때는 그래도 일본말이 출세를 하게 했고, 이제는 노어(러시아어)가 또 판을 치지 않니. 고기가 물을 떠나서 살 수 없는 바에야 그 물 속에서 살 방도를 궁리해야지. 아무튼 그 노서아말(러시아어) 꾸준히 해라."

급박한 상황에서도 공부에 매진하여 노어를 곧잘 하게 된 이인국에 대해 스텐코프는 '어느 사이에 저렇게 노어로 의사 표시를 할 수 있게 되었느냐고 감탄'하기까지 합니다. 죽을 위기에서 이인국을 구해 내는 데에는 의술뿐 아니라 그의 어학 실력도 한몫을 한 것이지요.

월남한 후 서울에 자리 잡은 이인국, 이번에는 어느 나라 말을 배울까요? 당연히 영어겠지요. 남한에서 가장 강력한 힘을 발휘하고 있는 나라가 미국이니까요. 뇌물을 들고 브라운을 찾아갔을 때도 이인국은 의사소통에 전혀 문제가 없었습니다. 개인 교수까지 받으며 배워둔 영어 덕분이지요.

'자기의 이러한 어학적 재질에 은근히 자긍심'까지 가지고 있는 이인국. 그런데 이러한 어학적 재질을 과연 자랑스러워할 만한 일에 사용했는가 묻고 싶어집니다. 그의 뛰어난 의술과 어학적 재능을 자기 이익만을 위해 쓰지 않고 더 많은 사람들을 돕는 데 썼더라면 얼마나 좋았을까요?

《이조실록》, 《대동야승》은 어떤 책인가요?

벽 쪽 책꽂이에는 《이조실록(李朝實錄)》, 《대동야승(大東野乘)》 등 한 적(漢籍)이 빼곡히 차 있고, 한쪽에는 고서(古書)의 질책(帙冊)이 가지 런히 쌓여져 있다.

이인국은 빨리 미국에 가기 위해 대사관에 근무하는 브라운에게 청 탁을 하러 갑니다. 지금도 미국에 가려면 비자를 발급받는 조건이 상 당히 까다로운데, 1960년대는 미국 가기가 훨씬 더 어려웠겠지요. 그 래서 이인국은 브라운에게 바칠 뇌물로 고려청자를 들고 갑니다. 우 리보다 잘살고 물자가 풍부하지만 역사가 짧은 미국 입장에서는 우 리 문화재가 탐나는 선물이 될 테니까요. 그런데 이인국은 브라운의 방에 있는 《이조실록》, 《대동야승》, 금동불상 같은 문화재를 보고 주 눅이 듭니다.

금동불상이 귀하고 가치 있는 줄은 알겠는데 대체 《이조실록》과 《대동야승》은 어떤 책이기에 귀한 고려청자를 들고 간 이인국을 주눅 들게 만든 것일까요?

《이조실록》의 정확한 명칭은 《조선왕조실록》이며, 이것은 조선 태 조부터 철종에 이르기까지 25대 472년간의 역사를 연·월·일 순서에 따라 기록한 2077권의 책입니다. 이 책은 조선의 정치, 경제, 외교, 군사, 예술, 종교 등 여러 방면에 대한 기록들을 자세하고 방대하게 담고 있어서 조선시대 연구에 꼭 필요한 귀중한 자료입니다. 그래서 《조선왕조실록》은 그 역사적·자료적 가치를 인정받아 1973년 국보 제151호로 지정되었고, 1997년에는 유네스코 세계문화유산으로 등재되었어요.

《대동야승》은 조선 초부터 인조 때까지 여러 사람이 쓴 글 중 50여 종의 야담, 일기, 수필, 견문록 등을 시대 순으로 모아놓은 72권의 책입니다. 직접 손으로 베껴 써서 만든 이 책은 편찬자나 편찬 연대가 밝혀져 있지 않습니다. 그러나 내용이 매우 폭넓고 다양해서 당시 사람들의 삶이나 의식, 조선시대 정치사 등을 두루 알게 해주는 중요한 자료입니다.

그런데 이렇게 귀한 문화재가 왜 브라운 집에 쌓여 있는 걸까요? 브라운이 직접 구입했을 수도 있지만 이인국이 '저것들도 다 누군가가 가져다준 것이 아닐까.' 하고 생각하는 것을 보면 대부분 뇌물로 받은 것 같아요. 당시에 이인국 말고도 귀한 문화재를 외국인에게 갖다 바치고 득을 보려는 기회주의자들이 많이 있었나 봅니다. 작가는 이런 세태를 보여주려고 소설 속에 이 장면을 넣은 것 같습니다.

그리고 국보급 문화재가 외국인의 손에 이렇게 쉽게 들어가는 것을 보면 우리 문화재에 대한 인식과 관리가 얼마나 소홀한지도 알 수 있습니다. 문화재청 발표에 따르면, 외국으로 반출된 우리 문화재가 7만 4천여 점에 이른다고 합니다. 하지만 이것은 박물관이나 미술관 등에 전시되어 있는 문화재만 파악한 것이므로, 개인이 소유하고 있는 것까지 합치면 실제로는 수십만 점, 아니 수백만 점이 넘을 것이라고 합니다. 정말 안타까운 일이지요?

일찍이 문화재의 가치에 눈을 뜬 일본과 서구에 비해, 우리 민족은 일제강점기, 분단과 전쟁 등의 격동기를 거치느라 우리 문화재의 가치를 제대로 깨닫지 못했던 것이지요. 그래서 많은 문화재들이 외국으로 유출되고 말았습니다.

해외로 유출된 우리 문화재

어느 나라의 문화재가 유출되어 다른 나라의 공공 기관이나 개인의 소유가 되는 일은 세계 어디에나 있는 일입니다. 그런데 잦은 침략을 겪었거나 식민 지배를 받았던 나라는 문화재 유출의 정도가 더 심하답니다.

해외로 유출된 문화재가 자기 나라의 문화를 전 세계에 알리는 중요한 역할을 한다고 긍정적으로 평가하는 사람들도 있지만, 많은 사람들은 이 문화재들이 약탈된 것이라면 본국으로 돌려보내는 것이 당연하다고 생각합니다.

현재 우리나라에서는 문화재청과 문화재제자리찾기, 우리문화재찾기운동본부 등의 민간단체들이 해외로 유출된 문화재를 되찾아 오기 위해 많은 노력을 하고 있습니다. 해외 유출 문화재 중 국내로 반환되었거나 반환 추진 중인 사례를 몇 개만 살펴볼까요?

의궤

의궤는 후대에 참고하기 위해 국가의 주요 행사를 기록하여 남겨둔 문서랍니다. 1866년 병인양요 때 강화도에 침입한 프랑스군은 외규장각에 보관되어 있던 의궤 3백여 권을 약탈해 갔습니다. 그 후 프랑스 국립도서관 창고에 거의 버려지다시피 보관되어 있던 의궤들은 1975년 박병선 박사의 노력으로 그 존재가 세상에 알려졌습니다. 의궤를 세상에 알렸다는 이유로 박병선 박사는 프랑스 국립도서관 사서직에서 해고되었습니다.

다행히도 의궤는 박병선 박사와 여러 단체의 적극적인 노력 덕분에 2011년 4월에서 5월 사이 네 차례에 걸쳐 모두 우리나라로 돌아왔어요. 하지만 정식 반환이 아니라 영구 대여라는 조건으로 돌아왔습니다. 또한 일제강점기에 일본 궁내청으로 반출된 167권의 의궤도 2010년 체결된 '도서에 관한 대한민국 정부와 일본국 정부 간의 협정'에 따라 2011년 12월 반환되었습니다.

조선왕조실록

태백산, 정족산, 적상산, 오대산에 각각 보관해 오던 《조선왕조실록》 중 오대산실록 787권이 일제강점기 때 일본 동경제국대학으로 유출되었습니다. 그런데 안타깝게도 1923년 관동대지진으로 대부분 불타 버려서 개인에게 대출 중이던 27권만 1932년 경성제국대학(현재 서울대학교)으로 돌아왔습니다. 이후 2006년 초에 도쿄대학 도서관 귀중서고에 47권이 남아 있다는 사실이 알려져서 적극적인 환수 운동을 벌인 끝에 그해 7월에 우리나라로 돌아오게 되었지요.

고종 국새 등 어보 9점

어보는 왕실에서 사용하던 도장으로 왕가의 권위를 상징하는 물건입니다. 특히 국새는 임금이 외교 문서나 행정에 사용했던 도장으로 그 가치가 남다르다고 할 수 있지요. 이 귀중한 문화재를 한국전쟁에 참전했던 미해병 소속 중위가 미국으로 불법 반출하였답니다. 다행히도 한국 문화재청 및 대검찰청 국제협력센터의 노력으로 2014년 4월 돌려받았습니다.

문정왕후 어보

조선 11대 중종의 아내이자 13대 명종의 어머니였던 문정왕후의 어보는 한국전쟁 당시 한 미군 병사가 훔쳐 간 것으로 알려져 있습니다.

시민단체인 '문화재제자리찾기'는 혜문 스님을 중심으로 지난 수년간 환수 운동을 펼쳐온 끝에, 문정왕후 어보를 소장하고 있는 로스앤젤레스카운티 박물관으로부터 긍정적인 답변을 얻은 뒤 반환 절차를 거쳐 2017년 7월에 우리나라로 돌아왔습니다.

직지

1377년에 만들어진 불교 서적인 《직지》는 금속활자로 인쇄된 책 중에서 가장 오래된 것입니다. 독일 구텐베르크의 금속활자보다 70여 년이나 앞선 것이라고 합니다. '직지심체요절', '직지심체' 등으로도 불리는 이 책은 2001년 유네스코에 세계기록문화유산으로 등재되었지요. 초대 프랑스 대사였던 플랑시가 우리나라의 옛 책과 문화재를 많이 수집해서 가져갔는데 그 중에 《직지》가 있었다고 합니다. 현재 프랑스 국립도서관이 소장하고 있는데, 약탈 문화재가 아니라는 이유로 계속 반환을 거부하고 있습니다.

이인국은 왜 미국에 가려고 하나요?

이인국은 미국 대사관 직원인 브라운에게 굽실거리면서 귀한 청자까지 갖다주고 미국으로 가려 애를 씁니다. 이인국은 왜 이토록 미국에 가려고 애를 쓰는 걸까요? 큰 병원의 원장이라 우리나라에 있어도 돈 많이 벌고 남부럽지 않게 살 수 있을 텐데요.

당시는 미국에 갔다 오면 그 사실만으로 큰소리치고 행세깨나 할 수 있던 때였습니다. 일제 때는 일본에, 해방 후 소련군이 들어왔을 때는 소련에, 미국의 영향력이 커지자 이번엔 미국에 기대서 부와 권력을 유지하려는 기회주의적인 지식인들이 있었습니다. 그들은 공동체의 운명이나 정의, 양심, 지식인의 역할 등에는 아무 관심도 없었지요. 이인국 역시 그런 지식인입니다. 이인국은 일본이나 소련에 아부해서 편하게 살았던 과거 행동들을 부끄러워하기는커녕 오히려 자신의 처세술이 뛰어나다고 자랑스러워합니다. 그런 그가 힘 있는 나라 미국에 줄을 서는 건 당연한 선택이겠지요.

그는 경험도 없으면서 미국에 갔다 왔다는 사실만으로 잘난 체하고 설치는 젊은 의사들이 '눈꼴사나워' 못 견딜 지경입니다. 그러나 이인국의 속마음은 사실 무척 부러웠을 것입니다. 자기도 빨리 미국에 다녀와서 그 사실을 훈장처럼 내보이며 자랑하고 싶었겠지요. 이러니 이인국이 기필코 미국에 가려고 안간힘을 쓰는 것은 당연한 일입니다. 벌써 딸을 미국에 보내놓았고 젖먹이 어린 아들까지 장차 미국에 유학 보내려고 생각하고 있는 이인국이 아닌가요?

두 번째 까닭은 다음 부분에서 짐작할 수 있습니다.

혁명이 일겠으면 일구, 나라가 바뀌겠으면 바뀌구, 아직 이 이인국의 살 구멍은 막히지 않았다. 나보다 얼마든지 날뛰던 놈들도 있는데, 나쯤이야……

이 부분을 읽으니 뭔가 나라가 바뀌는 큰일이 일어난 상황인 걸 알겠지요? 이 무렵 우리나라 상황을 보면 이승만 독재 정권에 저항하는 4·19 혁명이 있었고요, 다음 해에 군대의 힘으로 정권을 차지하는 5·16 군사 쿠데타가 일어났습니다. 이 두 사건은 우리나라에 커다란 변화를 가져왔어요. 많은 사람들이 피를 흘려 이뤄낸 4·19 혁명은 독재 정치를 하던 이승만 대통령을 물러나게 했습니다. 그러나 4·19 혁명으로 민주화를 이루려던 사람들의 소망은 5·16 쿠데타로 순식간에 무너졌지요. 민주적인 선거가 아니라 군대를 앞세워 힘으로 정권을 차지한 정부는 부정부패를 저지른 사람들을 처벌하는 등의 조치를 취합니다. 국민들의 환심을 사기 위해서였지요. 물론 이런 조치는 초기에 아주 조금 있었을 뿐이었습니다.

이인국은 4·19와 5·16 같은 큰 사건으로 세상이 뒤바뀔 것 같은 분위기가 되자, 이런저런 나쁜 짓을 해왔던 자신의 과거 때문에 혹시 처벌받거나 피해를 보는 일이 생길까 봐 걱정하고 있는 것입니다. 그래서 '나보다 더 날뛰던 놈들도 있'다는 걸 위안으로 삼으면서 한편으로, 얼른 살 구멍을 찾아 미국으로 도피하려는 것입니다.

　미국 갔다 왔다는 훈장도 얻고 혹시라도 닥칠지 모르는 위험도 피할 수 있으니 이인국 입장에선 미국에 가는 게 꼭 필요한 일이겠지요. 그래서 아끼던 골동품인 상감청자를 싸들고 브라운을 찾아간 것입니다.

열심히 살았는데 왜
이인국이 나쁜 사람인가요?

여러 어려움을 겪으면서도 열심히 노력하여 의사로 성공했으니 이인
국을 성실하고 좋은 사람이라고 할 수 있을까요? 그의 삶을 따라가
면서 과연 그가 좋은 사람인지 한번 생각해 보세요.

　이인국은 의사입니다. 의사인 이인국이 자신에게 손해가 돌아올
까 염려해서 환자를 제대로 치료하지 않고 돌려보낸 것을 어떻게
생각해야 할까요? 자신이 불이익을 당할까 봐, 애걸하는 환자를 병
원에서 내쫓는 그의 모습에서 의사로서의 책임감이나 소명 의식은
찾아볼 수가 없습니다.

　감옥 안에서 '이질'이 돌았을 때에도 그는 죽어가는 사람들을 치료
하는 일보다 소련군에게 인정을 받는 일이나 스텐코프 소좌의 혹을
떼어내는 일에 더 관심을 갖습니다. 이인국은 자신의 이익을 위해서
만 최선을 다할 뿐, 환자를 치료하는 의사의 본분에는 관심이 없다는
것을 또 보여주지요.

　나중에 큰 병원 원장이 된 뒤에도 치료비를 다른 병원의 두 배씩이
나 받고, 환자가 병원비 '부담 능력'이 없어 보이면 무슨 핑계를 대서
라도 진료를 거부합니다.

　자신에게 소중한 것, 자신의 안녕과 관계된 일 이외에는 관심이 없는 그는, 의사의 본분이나 환자 따윈 안중에도 없는 무책임한 의사입니다.

　이인국은 미국에 보다 빨리 가려고 브라운에게 상감청자를 뇌물로 바칩니다. 자신의 이익을 위해 소중한 문화재를 외국인에게 갖다 바치면서도, 그 귀한 것을 국외로 보낸다는 것에 대해 자책 같은 것은 아예 하지 않습니다. 청자가 비싼 것이어서 아깝다는 생각도 조금 들지만, 다른 사람이 준 선물보다 못한 것이 아닌가 하는 걱정이 더 앞섭니다. 정말 자기 자신밖에 모르는 이기적인 인간이지요.

이런 이인국과 대비되는 삶을 산 사람도 있습니다. 간송 전형필이라는 분은 자신의 전 재산을 쏟아부어 우리나라 문화재가 외국으로 유출되는 것을 막았습니다. 신윤복의 〈풍속도〉(국보 제135호)나 《훈민정음 해례본》(국보 제70호) 등이 간송 선생이 지켜낸 문화재입니다. 특히 1935년 일본인에게 넘어간 고려청자를 2만 원을 주고 되찾아왔다는 일화가 유명합니다. 당시 기와집 한 채가 천 원 정도였다니, 2만 원은 서울의 기와집을 스무 채나 살 수 있는 어마어마하게 큰돈이었답니다. 이런 큰돈을 주고 되찾은 고려청자는 현재 우리나라 국보 제68호로 지정되어 있습니다. 나중에 다른 일본인이 4만 원에 청자를 다시 팔라고 했으나 그는 이 제의를 거절했다고 합니다. 우리 문화재를 지키기 위해 온 힘을 다한 이분과 비교한다면 이인국이 얼마나 자기밖에 모르는 이기적인 인간인지 또 한 번 알 수 있습니다. 그의 머릿속에서 양심이나 가치, 공동체 같은 낱말은 도무지 찾아볼 수가 없네요.

내 앞날을 위해서라면 문화재 같은 것은!

'노블리스 오블리제'는 무슨!

"혹 나한테 무슨 부탁이 없소?"
이인국 박사는 문득 시계가 머리에 떠올랐다.

자신이 원하는 것을 말 한마디로 얻을 수 있
는 이 순간에 그는 기껏 러시아 병사에게 빼앗
긴 자기 시계를 찾아달라고 합니다. 감옥에 갇
힌 사람들 중 억울한 사람은 없는지 다시 한번 조사해 달라든지, 치
료에 필요한 장비를 더 많이 갖춰달라든지, 열악한 감방 환경을 개선
해 달라든지 하는 부탁을 할 수는 없었을까요?

이인국처럼 사회적 지위가 높은 사람들은 다른 사람들보다 더 투
철한 도덕의식과 사회에 대한 책임감(노블리스 오블리제)이 있어야 합
니다. 특히 나라가 어렵고 힘든 시기에는 더욱 그렇습니다. 왜냐하면
사회적으로 지위가 높은 사람은 평소 보통 사람들보다 더 많은 것을
누리며 살았고, 또한 그들이 한 행동이 보통 사람들의 행동보다 파급
효과가 훨씬 더 크기 때문입니다.

그러나 이인국은 노블리스 오블리제는커녕 최소한의 도덕성이나 이
타성조차도 찾아볼 수 없는 파렴치한 인간입니다. 도덕성도, 사회적
책임감도, 이타성도 없는 이인국 같은 인물이 높은 지위에 있는 사회.
어떤 모습일지 한번 상상해 보세요.

어떤가요, 그는 좋은 사람인가요? 그를 본받고 싶나요?

그가 열심히 산 것은 틀림없는 사실입니다. 그러나 열심히 사는 것보다 무엇을 위해 노력하며 사는가, 어떻게 사는가가 더 중요합니다. 나쁜 일을 열심히 하는 것은 칭찬받을 일이 결코 아니지요. 이인국이 열심히 살지 않았더라면 오히려 우리나라에는 더 도움이 되지 않았을까요? 친일도 하지 않고 문화재도 유출하지 않았을 테니까요. 잘못된 가치관을 가지고 옳지 못한 일을 '열심히' 하는 사람보다는 게으른 사람이 차라리 세상에 더 도움이 되는 게 아닐까 하는 생각이 듭니다.

노블리스 오블리제 (noblesse oblige)

이 말은 '지배층의 도덕적 의무'를 뜻하는 프랑스 말로, 정당하게 대접받기 위해서는 명예(노블리스)만큼 의무(오블리제)를 다해야 한다는 의미를 담고 있습니다. 특권에는 반드시 책임이 따르고 고귀한 신분일수록 의무에 충실해야 한다는 것을 강조한 말로, 초기 로마시대에 왕과 귀족들이 보여준 투철한 도덕의식과 솔선수범하는 자세에서 비롯된 말이지요.

초기 로마 사회에서 집정관 등 고위층은 봉사나 기부를 의무인 동시에 명예로 여겨 자발적이고 경쟁적으로 행했습니다. 특히 전쟁이 일어나면 몸을 사리지 않고 참전하여, 포에니 전쟁에서만 13명의 집정관이 전사하였답니다. 로마 건국 이후 500년 동안 원로원에서 귀족이 차지하는 비중이 급격히 줄어든 것도 계속되는 전투에서 귀족들이 많이 희생되었기 때문이라고 하네요. 로마에서는 병역 의무를 실천하지 않은 사람은 호민관이나 집정관 등의 고위 공직자가 될 수 없었을 만큼 노블리스 오블리제 실천을 당연하게 여겼습니다. 이런 전통은 유럽에서 계속 이어져 고위층 자제가 다니던 영국 이튼칼리지 출신자 중 2천여 명이 1, 2차 세계대전에서 전사했답니다.

프랑스 노블리스 오블리제의 상징은 뭐니 뭐니 해도 '칼레의 시민들(Le bourgeois de Calasis)'이라 할 수 있습니다. 14세기 영국과 프랑스가 싸운 백년전쟁 때 칼레 시민들은 힘을 다해 저항했으나 결국 영국군에게 항복할 수밖에 없는 처지에 놓였습니다. 영국은 항복을 받아주는 대신 끝까지 저항한 책임을 물어 칼레 시민 여섯 명을 대표로 처형하겠다고 통보했습니다. 처형 대상자를 어떻게 뽑을까 고민하고 있을 때, 이 도시의 가장 큰 부자가 제일 먼저 나섰습니다. 이어서 시장, 법률가, 상인 등 최고위층 여섯 명이 칼레 시를 구하기 위해 스스로 나섰습니다. 사회로부터 받은 것이 가장 많으니, 사회를 위해 희생할 때도 가장 먼저 나서야 한다고 생각했던 것이지요. 영국 왕은

로댕의 〈칼레의 시민〉

이들의 희생정신에 감복하여 모두 풀어주었고 칼레 시는 위기에서 벗어났습니다. 로댕의 〈칼레의 시민〉이라는 세계적 걸작품은 바로 이들을 기리기 위해 만들어진 것입니다.

우리나라에도 노블리스 오블리제를 실천한 사례들이 많이 있습니다. 대표적인 예로 일제강점기에 독립운동 자금을 대기도 했던 경주 최부잣집을 들 수 있지요. 이항복의 후손인 이회영 선생도 노블리스 오블리제를 실천한 분입니다. 이회영 선생은 을사조약이 체결되자 노비 문서를 불태워 노비를 모두 풀어주고 집과 땅을 모두 처분하여 만주로 갔습니다. 그의 다섯 형제 역시 전 재산을 처분했고 40만 원이라는 돈을 손에 쥐게 됐는데, 현재 가치로 환산하면 총 6백억 원에 달하는 금액이었다고 합니다. 당시 상황이 급박해 제값을 받지 못했던 것을 감안하면 약 2조 원에 달할 정도라고 하네요. 자유의 몸이 된 노비들 중에는 그와 뜻을 함께하기 위해 만주로 간 사람들도 많았다고 합니다. 만주에서 이회영 선생은 독립운동가 양성 학교인 '신흥무관학교'를 세워 3천여 명의 독립군을 배출했습니다. 독립운동에 전 재산을 쏟아부은 탓에 형편이 매우 어려워져 하루에 한 끼를 먹지 못할 때도 많았지만 선생은 자신의 뜻을 굽히지 않았습니다. 결국 중국에서 일본 헌병들에게 붙잡혀 혹독한 고문 속에 65세의 나이로 세상을 떠났습니다.

독립운동에도 참여했던 유일한은 약품회사인 유한양행을 설립하여 기업가로서 노블리스 오블리제의 모범을 보여주었답니다. 자기 소유의 회사를 주식회사 체제로 바꾸면서 사원들에게 지분을 나누어주어 회사 경영에 참여할 길을 열어주었어요. 또 교육에도 관심이 많았던 그는 유한공업고등학교를 설립하여 학교에 많은 돈을 지원하였습니다. 많은 사람들이 교육 사업을 한다는 이름 아래 학교 운영을 통해 돈을 벌려고 애를 쓴 것과 비교되는 행적입니다.

죽을 때도 최소한의 재산만 남기고 모두 사회에 환원하였는데, 재산 분배와 관련된 유언장은 당시 큰 화제가 되었습니다. 자신의 재산 중 1만 달러는 대학 졸업 때까지의 학자금으로 손녀에게, 유한공고 안의 자신의 묘소와 주변 땅은 어머니를 모시는 조건으로 딸에게 남겼다고 하네요. 그리고 그 땅도 울타리를 만들지 말고 학생들이 맘대로 드나들 수 있게 하라고 했답니다. 아들에게는 대학까지 보내주었으니 자립하여 살아가라며 재산을 전혀 남기지 않았다고 해요. 가족들은 그의 유언대로 100억 가까운 전 재산을 사회에 환원하였습니다.

넓게 읽기

작품 밖 세상
들여다보기

시대

작가

작품

독자

전광용의 생애와 작품 연보

1919(3월 1일) 3·1 운동의 함성이 울려 퍼지던 날, 함경남도 북청군 거산면 성전촌에서 아버지 전주협과 어머니 이록춘 사이에서 2남 4녀 중 장남으로 태어남.

1937(19세) 3월에 북청공립농업학교를 졸업함.

1939(21세) 1월 1일 동아일보 신춘문예에 동화 〈별나라 공주와 토끼〉가 입선하여 문학의 길로 들어섰으나 일제의 탄압이 심해져 작품 활동을 중단함.

1944(26세) 11월 23일 한정자 씨와 결혼함.

1945(27세) 서울의 경성경제전문학교 경제학과에 입학함.

1947(29세) 서울대학교 문리과대학 국문학과에 입학함.
김기영, 박암 등과 함께 '국립대학극장'을 결성함.

1948(30세) 정한숙, 정한모, 남상규, 김봉혁 등과 '주막' 동인을 결성하고 쓴 글들을 서로 나눠 읽고 토론하는 합평회를 가지며 착실하게 문학 실력을 쌓음.
김기영, 박암 등과 함께 극단 '고려예술좌'를 창립함.

1952(34세) 부산에서 김민수, 허웅, 정병욱, 장덕순 등 젊은 국어학자들과 학술지《국어국문학》을 창간함.

1953(35세) 서울대학교 대학원을 수료하고 강사로 취임함.

1955(37세) 조선일보 신춘문예에 소설 〈흑산도〉가 당선되면서 본격적인 창작 활동을 시작함.
10월부터《사상계》에 〈신소설 연구〉를 연재하기 시작함.
11월 서울대학교 교수로 취임함.

1959(41세)   첫 창작집《흑산도》를 발간함.

1962(44세)   단편소설 〈꺼삐딴 리〉로 동인문학상을 받음.

1965(47세)   첫 장편소설《나신》을 발간함.

1967(49세)   장편소설《창과 벽》1부를 발간함.

1971(53세)   국제 펜클럽 주최로 더블린에서 열린 제36차 세계작가대회에
         한국 대표로 참가함.

1973(55세)   〈신소설 연구〉로 서울대학교에서 문학박사 학위를 받음.

1975(57세)   두 번째 창작집《꺼삐딴 리》를 발간함.

1978(60세)   단편선집《목단강행 열차》를 발간함.
         자신의 경험을 담아서 쓴 수필 같은 소설인 〈목단강행 열차〉를
         작품집 제목으로 삼아 고향에 대한 그의 그리움이 얼마나 컸는
         지를 잘 보여 준다.

1984(66세)   서울대학교 교수로 정년퇴임하고 명예 교수로 취임함.
         국민훈장 동백장을 받음.

1988(70세)   6월 20일 당뇨병으로 세상을 떠남.

작가 더 알아보기

국정 교과서에 대한 인식

초등학교의 교과서에 대한 획일성은 현재의 사정으로서는 어쩔 수 없는 일이지만, 중·고교 국어 독본의 장기에 걸친 '국정'으로의 일관성은 전기 폐해를 조장하는 데 적잖은 암이 된 것 같다.

따라서 문교 당국은 모든 점에 혁신 시정을 지향하는 현 단계에서 십수 년 폐쇄된 조건에서 편찬되던 국정 교과서의 고식적인 방법을 지양하고 '국정'을 해제하여 해당 분야 전문가들의 자유로운 참여 속에서 '검인정'으로 가장 좋은 교재를 택출할 수 있는 계기가 이룩되도록 기존의 타성에서 해탈하는 것만이 국어 교재 정책의 시급한 당면사라는 것에 부합되는 시책의 용단이었어야 한다는 것을 강조하며 굳이 일언하는 바이다. (동아일보 1962년 10월 9일자)

한국 문학의 전통에 대한 견해

한국 문학의 전통은 무엇인가? 서울대 전광용 교수는 한국 문학의 전통은 '슬픔' 자체가 아니라 '슬픔의 극복'을 하나의 특징으로 부각시키고 있다는 견해를 폈다. 이 견해는 '슬픔', '한(恨)'이 한국 문학의 기저를 이룬다는 평단의 주장과 맞부딪쳐 논란이 예상된다.

전 교수는 우리 민족은 수많은 역사적 수난을 받아왔다고 지적, 때문에 항상 생명의 위협에서 벗어나려고 안간힘을 썼다고 말했다. 그래서 고통도 침묵의 슬픈 눈으로 지켜오기만 했으며, 우리 국민은 슬픈 일에 만성화되어 오히려 슬픔을 즐기는 경향이 있다는 것이다. 그러나 그 슬픔 자체가 우리의 전통은 아니며 특히 문학에서 슬픈 이야기만을 엮는 것이 전통이라고 할 수는 없다고 밝혔다. 우리 민족은 비애 속에 살아왔지만 항상 그 비애를 극복했기 때문에 우리의 문학도 슬픈 이야기보다는 슬픈 사실을 초극하는 것을 그리고 있다는 것이 전 교수의 주장이다. (경향신문 1976년 11월 23일자)

후회 없는 정년퇴임

"서울대 교단에 설 때부터 '84년 8월 31일 정년(停年)'은 이미 결정돼 있었고, 그 집행유예 30년을 지나고 보니 충격 받는 연습은 미리 다 해뒀었다고나 할까요. 아주 섭섭함이 없는 것은 아니지만, 30년 동안 지겹게 무거웠던 짐을 훌훌 벗어던진 개운한 느낌도 큽니다. 이만하면 행복한 인생입니다. 하늘을 쳐다봐 부끄러운 짓 안 했지요. 천하의 영재들을 모아 30여 년이나 가르쳐봤지요. 하고 싶은 학문, 쓰고 싶은 소설 뜻대로 써왔지요. 그러느라 고희가 가깝게 삶을 누려왔으니 말입니다.
단지 정년과 함께 서울대의 연구실이 없어지는 것은 좀 뭣하지만…… 이제 밀렸던 연구나 계속하고 구상해 둔 소설이나 쓰면서 노후의 나날을 헛되지 않게 꾸며보렵니다."

(경향신문 1984년 8월 31일자)

[일제강점기]

조혼의 폐를 먼저 없애자... 미국 ○○대학 출신 김애스더 양의 말

여러 나라 중에 가장 가정 제도가 발달된 나라는 미국이라고 합니다. 따라서 미국인의 가정은 아름답고 재미가 있다고 합니다. 그 원인은 첫째, 상당한 나이를 먹은 남녀들이 결혼을 하는 까닭에 서로 이해가 있고 사랑이 있으니까 그 가정은 아름다운 것이외다. 둘째로 상당한 학식이 있는 남녀들이 자유결혼을 하니까 자연히 주의가 맞고 사상이 같으며 따라서 재미있는 것이외다. 셋째로 상당한 직업과 상당한 수입이 있는 남녀들이 결혼을 하니까 경제의 곤란을 받지 않게 되고 그와 동시에 화락(和樂)을 느끼게 되므로 그처럼 아름다운 것이외다. 넷째로 개성을 존중히 여기는 가정이니까 어린아이나 누구를 물론하고 자유가 있고 따라서 압박이 없으니까 그처럼 재미있는 것이외다.

그러나 조선의 가정은 어떻습니까. 나이가 차지 아니한 어린애들이 결혼을 하고, 무식한 남녀가 결혼을 하고, 부모의 유업으로 먹고 있는 경제상 힘없는 이들이 결혼을 하고, 또 가정은 자유주의의 가정이 아니요 압박주의의 가정이니까 그 가정이 재미없고 쓸쓸한 것은 사실이외다. (1923)

> "잘 먹어요. 살이 잘 쪘습니다.
> 발육이 매우 좋아졌습니다." 하고
> 정당이 어머님이 말씀하십니다.
>
> 어린이 영양제 광고 (1934)

소학교서 4년급부터 조선어 과목 폐지

학제 개혁으로 초등교의 교명 통일은 물론이요 소학교의 조선어 과목이 수의(隨意) 과목으로 규정되어 있으나 아직도 일부에서는 이를 잘못 해석, 간혹 조선어 교수를 폐지하여 세간의 비난을 받고 있다.

부내 수송, 봉래 두 소학교에서는 신학기부터 조선어 과목을 변경 일년부터 삼년까지는 종전과 같이 교수할 터이고 사년부터 육년 졸업반까지는 이를 전부

폐지하고 다른 학과를 적당히 교수하기로 결정, 양교 교장은 경성부 학무과에 그 폐지 허가원을 제출한 바 있었다. (1939)

[해방 직후]

글 읽는 소리도 낭랑 - 힘과 빛이 가득 찬 교정

교실, 칠판, 책상…… 언저리의 모든 것이 어느 하나를 새로 들여다보아도 옛날과 조금도 다른 점이 없으되, 칠판 앞에 선 선생님을 중심으로 방 안 가득히 늘어앉은 아동들의 모습은 어떻게 그렇게도 명랑하단 말이냐.
무엇 때문일까? 조선 말, 조선 노래, 조선 글. 이유는 별것이 없다.

오직 한 가지, 일찍이 다시 찾아보기를 기약할 길 바이없던 이 한 가지를 도로 찾아 이곳 교실 안에 탄탄한 조선의 새 풍경을 이루는 것, 그것 하나로써 방안 가득히 늘어앉은 아동들의 가슴에는 일시에 맹렬한 순정이 불이 붙고, 선생님의 가슴에는 슬픈 감격이 막을 길 없이 솟아올랐을 것이다. (1945)

어린애를 꾸짖기 전에 '하나, 둘, 셋…… 열'

'아이들을 꾸짖기 전에 먼저 마음속으로 하나, 둘, 셋, 넷…… 열을 헤십시오.' 이것은 무슨 뜻일까요? 이에 대해서 서양 사람인 G. H. 에반스란 분은 이렇게 말합니다. "어린아이를 꾸짖기 전에 하나, 둘, 셋, 넷 이렇게 열까지 맘속으로 센다면 확실히 이익이 되는 일이 있습니다. 어린애가 잘못했다고 꾸짖기 전에 잠시 동안 마음을 누그리고 하나, 둘을 세는 동안 가만히 생각을 하여 보면 어린아이가 한 일이 반드시 잘못한 일이 아니고 따라서 꾸짖는다고 해서 그것이 고쳐질 성질의 것이 아니라는 것을 알게 될 것입니다." (1947)

방 없는 피란민에 낭보

피란민 입주에 대하여 사회에서 최고도의 박차를 가하고 있다. 부산과 대구에 중점을 두고 입주 알선을 하고 있다는데, 수용 추산은 대구가 200세대 1000명, 부산은 400세대 2000명이다. 그리고 빈 방을 발견하거나 방세를 비싸게 받는 것을 피란민 자신들이 발견하여 즉시 당국에 신고하면 조사해서 우선적으로 입주시킬 것이라고 한다. (1951)

국보 옥새와 보검, 합동수사대서 적발

101헌병대 및 시경찰국 수사과에서는 헌병과 형사들을 동원하고 시내 모처의 고물상을 습격하여 그 고물상에 은닉하여 둔 한국의 국보인 옥새와 태극 마크가 든 보검 등을 발견하였다 한다. 수사를 지휘한 민사부장은 사변으로 인하여 유출된 국보를 불법 매각하지 말 것을 강조하고, 현재 이러한 국보를 소유하고 있는 사람은 지체 없이 관계 당국에 제출하여 주기 바란다고 하며, 만일 제출치 않는 경우에는 발견 즉시로 엄중 처단하리라고 한다. (1952)

4·19 – 각 대학생 약 10만 명이 합류

18일 고대 학생 데모에 뒤이어 19일에는 서울대, 성균관대 학생 등 약 10만여 명이 대대적인 데모를 감행하였다. 각 대학은 시청 앞과 의사당 앞에서 완전 합류하여 경무대 쪽으로 전진하다가 경찰의 공포 및 최루탄 발사를 받고 일단 후퇴하였다가 노도처럼 경무대 앞까지 돌진하였다. 경찰들은 실탄과 최루탄을 발사하여 일부 학생들이 현장에서 쓰러지기 시작했다. 하오 5시경부터 경찰이 데모대를 해산시키기 위해 본격적으로 총격을 개시, 수십 명의 사망자와 헤아릴 수 없을 정도의 부상자를 내었다. (1960)

이 대통령 하야 용의 성명

이 대통령은 4월 26일 오전 10시 20분 "국민이 원한다면 대통령직을 사임하겠다."라는 중대 성명을 발표하였다. 이날 발표된 이 대통령의 성명 요지는 다음과 같다.

하나, 국민이 원한다면 대통령직을 사임하겠다. 둘, 3·15 선거가 많은 부정이 있다고 하니 다시 선거하겠다. 셋, 국민이 원한다면 내각책임제로 하겠다.

(1960)

16일 새벽, 군(軍) 쿠데타 발생

혁명 부대는 16일 새벽을 기해 수도 서울 일원을 완전히 점령하여 모든 지배권을 장악했다. 집권 9개월째인 장면 정부를 불신임하는 이 군부 쿠데타 때문에 삼부(三府)의 기능은 일체 마비되어 버렸으며 '군사혁명위'의 포고에 따라 금융 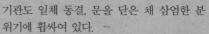 기관도 일체 동결, 문을 닫은 채 삼엄한 분위기에 휩싸여 있다.

쿠데타의 주동 세력은 육군 제2군 부사령관인 박정희 소장과 4·19 혁명 후 부정 선거에 가담했거나 또는 부정 축재를 한 군 장성급의 숙청을 주장하다가 하극상을 이유로 군에서 추방당한 김 모 중령과 석 모 중령 등이라고 알려지고 있다. (1961)

이인국을 닮은 인물,
이인국과는 다른 인물

1. 채만식의 〈미스터 방〉(1946)

- 또 다른 기회주의자, 그대 이름은 '미스터 방'

머슴살이를 하던 방삼복은 상해에 잠
시 다녀오는데, 거기서 중국어와 영어
를 조금 배워 온다. 귀향 후 서울로 온
방삼복은 구둣방 직원을 거쳐 신기료장
수가 된다. 그는 해방 함성이 시끄럽다
고 눈살을 찌푸리고 장사에 필요한 재
료값만 오른다고 투덜거리는, 역사의식
이라고는 전혀 없는 인물이다. 방삼복은

새로운 권력자가 된 미군들에게 접근하기 위해 미군 장교에게 다가
가 담뱃값 통역을 해준다. 그 후 S소위의 통역이 된 방삼복은 그가
필요하다고 말하는 것은 모두 구해다 바치며 차츰 아첨꾼으로 변해
간다. 그러면서 미군을 등에 업고 권력을 휘두르기 시작한다.

어느 날 방삼복은 종로에서 한때 잘나가던 백 주사를 만난다. 순
사였던 그의 아들은 해방 후 성난 군중의 습격을 받았고, 백 주사도
군중들에게 재산을 다 빼앗겼다는 사실을 듣게 된다. 방삼복은 자

신이 미군과 아주 친하여 말만 하면 원하는 것을 다 할 수 있다며 백 주사에게 큰소리를 친다.

보잘것없었던 방삼복이 몰라보게 변한 것이 놀랍기도 하고 기막히기도 하지만 백 주사는 그런 마음을 억누르고 자신의 재산을 되찾아 달라고 방삼복에게 머리를 조아린다. 기분 좋게 술을 마시며 습관대로 이를 닦던 방삼복은 입 안을 헹군 물을 밖에다 내뱉는다. 그때 마침 그가 섬기는 미군 장교가 들어오다가 입 헹군 물을 얼굴에 정통으로 맞게 된다. 성난 장교는 무릎을 꿇고 비는 방삼복에게 강한 어퍼컷 한 방을 날린다.

	이인국	방삼복
공통점	• 역사의식이 전혀 없음. • 자신에게 이익이 되는 일에만 관심을 가짐. • 임기응변이 뛰어나고 변신에 능함. • 자신에게 힘이 되는 권력을 잘 찾아냄. • 외국어를 배워서 출세 수단으로 삼음. • 자신이 원하는 것을 얻기 위해 외국인에게 아부함.	

차이점	• 처음부터 끝까지 상류 계층
	• 끝까지 승승장구
		• 꾸준히 계층 상승
		  머슴 → 구둣방 직원 →
		  신기료장수 → 통역관
		• 마지막에 치명적 반전

2. 전광용의 〈남궁 박사〉(1962)

– 진정한 지식인의 본보기, 남궁 박사

가난한 대학원생인 '나'는 제대 후에 퇴임하는 남궁 선생의 강의 중 하나를 담당하게 된다. '우리'는 남궁 선생을 학문으로나 인격으로나 존귀하고 거룩한 존재라 생각하고, 그의 제자라는 것을 자랑으로 여긴다.

일제강점기에 지식인들은 의학을 공부하여 돈벌이를 하든가, 법학을 공부하여 군수 자리를 얻든가, 정치나 경제를 적당히 택하여 손쉬운 월급 자리를 마련하였다. 그러나 남궁 선생은 역사학을 택해 조선사를 전공했다. 그는 일본인들이 왜곡된 시각에서 만들어놓은 여러 학설을 연구를 통해 바로잡았다. 그러면서도 남들이 자신의 학문을 애국심이나 항일 투쟁과 연결시켜 찬양하는 것을 그리 달갑게 여기지 않고 다만 자신이 하고 싶은 일을 한 것뿐이라고 늘 대답했다. 그는 삶의 자세에서나 학문에 대해서나 확고한 의지를 갖고 있었고 자신이 조선사를 연구한 것에 대해 보람을 느꼈다.

그러나 연구에 몰두할 뿐 돈 버는 일에 관심이 없었던 남궁 선생은 퇴임 후 경제적 어려움을 겪게 되고, 결국 자신의 재산인 장서를 팔기로 마음먹는다. 남궁 선생이 장서 파는 일을 시작한 날 '나'는 안타까운 마음을 안고 미국으로 연구 차 떠난다.

	이인국	남궁 박사
공통점	• 비슷한 시대를 삶. • 지식인임. • 자신이 하는 일에 대해 자부심을 갖고 있음. • 성실함.	
차이점	• 의학을 공부함. • 의학을 자신의 이익과 영달을 위해 사용함. • 적극적으로 친일 행위를 함. • 수단과 방법을 가리지 않고 재산을 모아 엄청난 부를 축적함. • 갖은 술수를 다 동원하여 끝까지 자신의 살길을 마련함.	• 손쉽게 돈을 벌 수 있는 의학 대신 역사학을 공부함. • 역사학 공부를 일제에 의해 왜곡된 기존 학설을 바로잡는 데 사용함. • 겉으로 항일을 외치지는 않으나 조선사 연구를 통해 저항함. • 퇴임 후 장서를 파는 일을 할 정도로 형편이 어려움. • 학문 연구에만 매진하였고 자신의 살길을 마련하지 못함.

이인국과 장기려의 가상 대담

■ **사회자** : 청소년 시기를 '질풍노도의 시기'라 하지요. 감정과 행동이 소용돌이치는 시기이고 동시에 어떻게 사는 것이 올바른 삶이고 가치 있는 삶인지 끊임없이 모색하는 시기입니다. 그래서 오늘은 어떤 삶을 추구하며 살아야 하는지 알아보기 위해 같은 시대에 똑같이 의사로 살아오신 두 분, 이인국 박사님과 장기려 박사님을 모시고 이야기를 나눠보도록 하겠습니다.

두 분은 비슷하면서도 다른 삶을 살아오셨는데, 우선 간단하게 두 분의 지난 삶을 되돌아봐 주시죠.

■ **장기려** : 저는 1911년 평안북도 용천에서 태어나 1928년 경성의학전문학교를 졸업하였습니다. 1947년 평양의과대학, 김일성종합대학의 외과 교수로 있다가 1950년 12월 한국전쟁으로 혼란한 중에 가족들과 헤어지는 바람에 둘째 아들만 데리고 월남하여 서울대학교 의과대학 외과 교수가 되었습니다. 1951년 1월 부산 서구 암남동에 현 고신의료원의 전신인 복음병원을 세워 피란민 등 가난한 사람을 무료로 진료하면서 1976년 6월까지 25년간 복음병원 원장으로 있었습니다. 1943년 우리나라 최초로 간암 환자의 간에서 암 덩어리를 떼어내는 데 성공하였고, 1959년에는 간암 환자의 간 대량 절제술에 성공하였습니다. 그리고 1968년에는 우리나라 최초로 사설 의료보험조합인 '부산 청십자 의료협동조합'을 설립하였지요.

■ **사회자** : 아, 그러한 공로로 1976년 국민훈장 동백장과 1979년 막사이사이상(사회 봉사 부문)을, 1995년에는 인도주의 실천 의사상 등을 받으신 거네요. 그리고 한평생 가난하고 소외된 사람들에게 박애와 봉사 정신으로 인술을 펼쳐 한국의 성자로 칭송받고 계시지요. 참, 1959년 최초의 간 대량 절제술 성공을 기념해서 그날을 '간의 날'로 지정했다지요. 참 대단하십니다.

■ **장기려** : 아이구, 칭찬이 과하십니다. 그 상들도 모두 과분한 상들입니다. 저는 그냥 제가 해야 할 일, 하고 싶은 일을 한 것뿐인데…… 부끄럽습니다.

■ **이인국** : 저도 장기려 박사처럼 일제강점기에 경성의대를 졸업하였습니다. 의대를 우수한 성적으로 졸업하고 경험을 쌓은 후 평양에서 주로 고위층이나 일본인만 상대하는 병원을 열었지요. 당시엔 시대의 흐름을 재빨리 읽고 일본에 적극 협조하면서 열심히 산 덕분에 관선 시의원이라는 감투도 쓰고 돈도 많이 벌었습니다. 해방이 되고서는 친일파라는 이유로 치안대에 끌려가 죽을 고비도 맞았지만 뛰어난 수완을 발휘해 소련군의 신임을 얻은 덕에 편히 지냈어요. 그러다 전쟁이 나는 바람에 왕진 가방 하나만 달랑 들고 가족들과 함께 서울로 내려왔지요. 하지만 제가 의술도 뛰어나고 처세술도 보통이 아닌 데다가 외국어까지 되다 보니까…… 이렇게 큰 종합병원을 일구게 되었습니다.

■ **사회자** : 네, 그러시군요. 그런데 두 분께서는 왜 의사가 되고 싶었는지 궁금합니다. 특별하게 의사가 되어야겠다는 동기가 있었는지

말씀해 주시죠.

■ **장기려** : 저는 원래 선생님이 되고 싶었습니다. 그런데 선생님이 되려면 일본 도쿄의 고등사범에 가야 하는데 학비가 너무 비싸서 어쩔 수 없이 학비가 적게 드는 경성의전에 갈 수밖에 없었습니다. 처음에는 어떤 의사가 되겠다든가 하는 그런 생각은 없었습니다. 그런데 저에게 진료 받으러 온 할머니가 청진기만 대면 병이 낫는 줄 알고 가슴에 청진기를 한 번만 대달라고 간절히 부탁하는 것을 보고 '의사 한 번 못 보고 죽어가는 가난한 사람들을 위해 평생을 바치겠다'고 맹세를 하였습니다.

■ **이인국** : 제가 의사가 된 특별한 이유는 없습니다. 저는 그런 큰 뜻을 세우기보다는 그저 뛰어난 의사가 되어서 이름도 날리고 돈도 많이 벌고 싶었습니다. 우리나라 사람들은 일본에게 나라를 빼앗겼다고 하지만 저는 그렇게 생각하지 않습니다. 일본이 우리나라를 근대화시키지 않았습니까? 그들이 대학도 세우고 그랬기 때문에 저는 의사가 될 수 있었습니다. 그 당시 경성은 마치 일본을 옮겨다 놓은 듯 번화했지요. 저는 그런 경성에서 의사 공부를 하는 것이 무척 자랑스러웠습니다.

■ **사회자** : 아, 이야기가 약간 옆길로 나갔는데요, 그럼 말씀하신 김에 두 분 의전에 다닐 때 기억에 남는 일화가 있으면 좀 들려주세요.

■ **장기려** : 조금 전에 이인국 박사가 일본이 우리나라를 근대화시켰다고 했는데 저는 생각이 다릅니다. 대학 다닐 때 식민지 국민으로서 차별을 많이 받았어요. 해부학 교실에서 두개골 하나가 없어졌을 때

해부학 교수였던 구보 다케시가 유독 우리 조선인 학생들을 지목하면서 너희들 중에 누군가가 가져갔다고 노발대발하더군요. 싸늘하게 비웃으며 "조선인은 해부학상으로 야만인에 가까우며 지난 역사를 보더라도 약탈과 도둑질에 능하니 의심의 여지가 없다"고 했을 때 나는 참을 수 없는 모욕감을 느꼈어요.

▬ 사회자 : 그런 속상한 일이 있었군요. 이인국 박사님은 기억에 남는 일이 없으신가요?

▬ 이인국 : 저는 공부한 기억밖에 없어요. 그렇게 열심히 공부한 덕분에 우수한 성적으로 졸업했지요. 그래서 수상품으로 시계를 받았답니다. 안에 보석이 열일곱 개나 박힌 고급 시계라 아주 애지중지 아끼고 있습니다. 지금 호주머니에 들어 있는데 아직도 쌩쌩하게 잘 돌아가고 있습니다.

▬ 사회자 : 그렇군요. 장기려 박사님은 성적이 어떠셨나요?

▬ 장기려 : 저는 입학했을 때 번호가 31번이었어요. 알고 보니 그 번호가 바로 입학시험 등수였던 거예요. 그러나 그 뒤 열심히 공부해서 2학년 때는 4등, 3학년 때는 2등, 4학년 때는 드디어 1등을 했습니다. 그래서 이인국 박사처럼 졸업할 때 금메달을 받았습니다. 그 메달을 20년 동안 소중히 간직하였지만 안타깝게도 1950년 국군기무사령부 부산지부에 해당하던 삼일사에 잡혀가서 심문을 받는 동안 잃어버렸습니다.

▬ 사회자 : 20년 동안 소중하게 간직하던 금메달을 잃어버리셨다니…… 참 안타까운 일이군요. 그런데 두 분 다 의학 외에 외국어도

열심히 공부하셨는데 특별한 이유가 있나요?

■ 장기려 : 영어를 공부한 것은 영어 원서로 학생들을 가르치기 위해서였습니다. 대부분의 교수들은 일본 의학 서적들을 번역하여 가르치고 있었지만 저는 좀 더 새로운 의학 지식을 가르치기 위해 영어 원서를 사용했지요. 그리고 러시아어를 배운 것도 소련의 첨단 외과학을 공부하기 위해서였어요. 3년을 공부하니 직접 소련 의학 서적을 번역해서 학생들을 가르칠 수 있겠더라고요.

■ 사회자 : 그러니까 장기려 박사님이 외국어를 열심히 공부한 이유는 의학 공부 때문이군요. 다른 나라의 최첨단 의학 지식을 공부해서 환자들을 돌보고 후배들을 지도하기 위해서요.

■ 이인국 : 저는 우리나라처럼 힘없고 다른 나라의 침략을 자주 받는 상황에서는 힘센 나라의 언어를 배우는 것이 생존에 필수불가결한 요소라고 생각했습니다. 우선 말이 통해야 살아남을 수 있지 않겠어요? 그리고 성공과 출세의 기회도 잡을 수 있지요. 학생 여러분도 외국어 공부 열심히 하세요. 그게 성공과 출세의 지름길입니다. 저를 보면 아시겠지요?

■ 사회자 : 실례되는 질문이지만, 두 분 다 성공한 의사이신데 재산은 어느 정도 있는지 궁금합니다.

■ 장기려 : 허허, 뭐 재산이랄 게 있나요. 제가 가진 재산은 통장에 있는 천만 원이 다입니다. 그 돈은 제가 죽기 전 저를 간병해 주는 분께 드릴 생각입니다. 집은 없습니다. 병원 사택에서 생활하면 되죠.

■ 이인국 : 의사 생활을 60년이나 했는데 집도 없고 돈도 겨우 천만 원 모았다고요?

■ **장기려** : 제가 무료 진료도 많이 한 데다가, 환자들 중 치료비를 못 내는 사람이 있으면 제 돈으로 내주다 보니 월급이 제 주머니에 들어올 때가 없었죠. 어떤 때는 환자를 도망시켜 준 적도 있어요. 빨리 돌아가서 농사를 지어야 가족을 먹여 살리는데 치료비가 없어 퇴원을 못 하니 어째야 할지 모르겠다며 한숨만 쉬고 있기에, 제가 밤에 몰래 병원 뒷문을 열어놓고 도망가라고 했지요. 병원 직원들이 저 때문에 많이 힘들었을 겁니다. 한번은 영양실조에 걸린 환자가 무슨 큰 병에 걸린 줄 알고 왔기에 처방전에 '이 환자에게 닭 두 마리 값을 줘서 보내시오.'라고 써준 일도 있었거든요. 하하하!

■ **사회자** : 아니, 치료비를 받기는커녕 도로 돈을 줘서 보내라고 했다는 말씀입니까?

■ **이인국** : 솔직히 저는 장기려 박사가 이해가 안 되는군요. 그렇게 남들에게 다 퍼 줄 거면 뭐하러 힘들게 돈을 버는지 모르겠어요. 제 자랑 같지만, 저는 열심히 살았고 그 덕분에 돈도 많이 벌었어요. 제 소유의 큰 종합병원도 있고 현금도 많이 가지고 있습니다. 그리고 제법 값나가는 골동품도 여러 개 가지고 있어요.

■ **사회자** : 이번에는 독일의 나치 시대 아이히만이라는 사람에 대해 이야기를 나눠보죠. 아이히만은 유태인 학살의 실무 책임자였던 독일군 장교였습니다. 그는 개인적으로 유태인을 미워하지 않았고, 유태인이 살해당하는 모습을 보고 악몽에 시달리기도 하는 평범한 사람이었으며, 가정에서는 자상한 아버지이자 성실한 남편이었습니다. 하지만 그는 상부의 지시를 충실히 이행하는 것이 자신의 의무라고

믿고 400만 명이 넘는 유태인을 학살하는 끔찍한 일을 저질렀습니다. 그는 제2차 세계대전이 끝나고 나서 아르헨티나에 숨어 지내다가 체포되어 재판에 회부되었습니다. 그런데 재판에서 자신이 유태인을 학살한 것은 상부의 지시를 충실히 따른 것일 뿐이기 때문에 무죄라고 주장하였습니다. 이에 대해 두 분 박사님께서는 어떻게 생각하시나요?

▬ 이인국 : 저는 아이히만을 욕할 수 없다고 생각합니다. 실무 책임자가 무슨 죄가 있습니까? 그는 그냥 자기에게 주어진 일을 충실하게 수행했을 뿐입니다. 그가 무슨 결정권을 가지고 있었겠습니까? 상부의 지시를 충실하게 이행하는 것이 자기의 임무라고 생각했던 그를 처벌하는 것은 또 다른 권력의 폭력이라고 생각합니다.

▬ 장기려 : 아이히만이 직분에 충실한 사람이었을지는 모르겠습니다. 그러나 충실하게 한 그 일이 그토록 많은 사람들의 목숨을 빼앗는 것이었다면 그것은 매우 잔혹하고 중대한 범죄임이 틀림없습니다. 충실하게 의무를 다하기에 앞서 자신이 하려는 일이 옳은 일인지 그른 일인지 생각하고 행동했어야 한다고 봅니다. 정상적인 사람이라면 누구나 사람들을 학살하는 것은 옳지 않은 일이라고 생각할 것입니다.

▬ 이인국 : 아이히만 재판 결과는 어떻게 되었습니까?

▬ 사회자 : 검사는 "말하지도 생각하지도 행동하지도 않은 것"이 죄라며 사형을 구형했는데 재판부가 그 의견을 받아들여 아이히만에게 결국 사형 판결을 내렸습니다. 그의 죄목은 '타인의 입장에서 생각

하지 않은 죄'라고 하네요.

■ 장기려 : 정말 가슴에 와닿는 죄목입니다. 타인의 입장을 생각하지 않거나, 옳고 그름을 따지지 않고 주어진 일을 그저 충실하게 하는 것이 얼마나 끔찍한 결과를 불러올 수 있는지 잘 보여주네요. 청소년 여러분, 어떤 일을 하기 전에 반드시 옳고 그름을 따져보아야 한다는 것을 꼭 기억하세요.

■ 사회자 : 이제, 자신의 삶을 돌아보고 자랑스러운 일이나 아쉬운 일이 있다면 말씀해 주시겠습니까?

■ 장기려 : 저는 누구나 병을 치료할 수 있어야 한다고 생각합니다. 돈 때문에 병원을 못 간다면 얼마나 슬픈 일입니까? 그래서 정부가 의료보험을 시작하기 10년 전에 저는 가난한 환자들을 위해 의료보험 조합을 설립했어요. 23만 명이 회원으로 가입했지요. 그게 자랑스러운 일입니다. 아쉬움이 있다면 북에 두고 온 아내와 아이들을 다시는 볼 수 없었다는 거지요. 헤어질 때만 해도 한두 달만 지나면 다시 만날 줄 알았어요. 평생 못 만날 줄 누가 알았겠습니까.

■ 이인국 : 저는 종합병원이 저의 재산이자 자랑입니다. 뛰어난 의술과 수완으로 일구어낸 이 병원이야말로 제 인생의 총합이자 완결이니까요. 그리고 저도 수용소 있을 때 아내를 눈앞에서 나는 새 놓치듯 속수무책으로 떠나보낸 것이 가장 마음이 아파요. 내가 의사였는데도 말이죠. 그리고 소련으로 유학 간 아들의 소식을 모르는 것도 안타깝고요. 아내가 보내지 말자고 말렸는데 내가 우겨서 보낸 것이 후회가 되네요.

▪ **사회자** : 마지막으로 이 대담을 읽을 학생들에게 당부하고 싶은 말씀이 있으면 해주시죠.

▪ **이인국** : 요즘 점점 경쟁이 치열해지지 않습니까? 이런 세상에서는 뭐니 뭐니 해도 실력이 최고죠. 남 탓하고 욕할 거 뭐 있습니까? 자기 하기 나름 아닙니까? 저는 왕진 가방 하나 들고 월남해서 이런 큰 병원을 이뤄냈습니다. 사람들은 의사의 양심이니 가치 있는 삶이니 이런 말들을 많이 하는데, 그런 명분에 너무 사로잡힐 필요는 없다고 생각합니다. 저를 보고 기회주의자니 뭐니 하는 사람들도 있는데 일단 자기가 살고 남이 있는 것입니다. 저는 의사일 뿐입니다. 제가 민족 지사도 아니고 사회사업가도 아니지 않습니까? 그러니 학생 여러분, 정의니 양심이니 공동체니 하는 데 신경 쓰지 말고 나와 내 가족이 편안히 사는 길을 찾는 게 최고입니다. 자기 것은 챙기지 못하고 남에게만 퍼 주는 것은 바보 같은 짓입니다.

▪ **장기려** : 민족 지사나 사회사업가가 되지는 못하더라도 인간으로서의 기본적인 자세는 갖추어야 하지 않겠습니까? 양심도 버리고 이웃의 어려움도 나 몰라라 하고 자기 살길만 찾으라는 건 학생들에게 할 얘기는 아닌 것 같습니다. 저는 우리 학생들이 다른 사람들의 어려움을 이해하는 사람이 되었으면 합니다. 공부도 자기 자신만을 위해서 하기보다는 다른 사람들을 생각하며 할 때 더 좋은 결과를 얻을 수 있다고 생각합니다. 사람은 타인과 더불어 사는 존재니까요. 남을 배려하고 위해 주며 살면 바보라고요? 그렇다면 그런 바보야말로 세상을 아름답고 살기 좋은 곳으로 만드는 훌륭한 사람들일 겁니다. 청소년 여러분 잊지 마세요. 바보라는 말을 들으면 그 인생은

성공한 것입니다. 저는 여러분 중에서 바보가 많이 나오기를 기원합니다.

■ **사회자**: 네, 두 분 말씀 잘 들었습니다. 오늘 이 대담을 통해 어떤 삶이 가치 있고 올바른 것인지 알 수 있었으리라 생각합니다. 이것으로 대담을 모두 마치겠습니다. 말씀 나눠주신 두 분께 진심으로 감사드립니다.

〈꺼삐딴 리〉 독서 신문

서평

이인국은 기회주의자였다. 자신의 이익만을 생각해서 환자들까지도 가려 받았다. 또한 우리나라의 중요한 문화재를 넘겨주는 것에도 전혀 죄책감이 없었다.

그러나 몇몇 사람들은 그를 옹호하기도 한다. 애국지사로 활동하다가는 쥐도 새도 모르게 죽을 수도 있고, 가족을 부양해야 하는 입장에서 어찌 출세를 생각하지 않을 수 있냐고 말이다. 그러나 그의 행동을 단지 시대 탓이라든가 가장의 책임이라는 말로 용납할 수는 없다. 그 당시 많은 애국지사들이 나라를 되찾기 위해 목숨을 바쳐가며 희생하지 않았던가.

우리가 살고 있는 사회에도 기회주의자들이 많이 있다. 자신의 영달을 위해 권력자의 눈치를 보고 비위를 맞추는 정치인들, 진실 보도의 책임을 저버리고 권력에 가까이 가기 위해 사실을 왜곡하는 언론인들……. 〈꺼삐딴 리〉는 과거의 이야기이자 동시에 오늘날의 이야기인 것 같다.

작가는 이런 기회주의자를 경계하라는 말을 우리에게 하기 위해 이 소설을 쓴 것이 아닐까?

서시 _박수진(윤동주의 〈서시〉 모방시)

사는 날까지는 천황을 우러러
충성스런 신민이 되기를,
천황이 사는 일본을 향해
나는 기도했다.
천황을 향한 충성으로
모든 내 삶과 병원을 운영해야지
그리고 나에게 주어지는 이익을
누려야겠다.

앗! 오늘 낮 천황이 항복을 선언했다. 이제 어쩌지?

나 _김성엽(신경림의 〈갈대〉 모방시)

언제부턴가 마음은 속으로
조용히 흔들리고 있었다.
그러던 어느 날이었을 것이다. 나는
나의 온몸이 충성스런 황국신민인 것을 알았다.

조국도 민족도 아닌 것
마음 속 나를 흔드는 것이 내 이기심인 것을
분명히 알았다.
-산다는 것은 속으로 이렇게
철저히 이익을 챙기는 것이란 것을
나는 알았다.

미국 대사관의 브라운 씨를 찾아서

대담자 : 박유근(17세, 학생 기자), 브라운(미국 대사관 근무)
일시 : 1961년 6월 ○일
장소 : 미국 대사관 사무실

▶▶ **박유근** 반갑습니다. 저는 학생 기자 박유근입니다.

▶▶ **브라운** 예. 반갑습니다.

▶▶ **박유근** 혹시 이인국 박사를 아십니까? 그가 브라운 씨를 찾아
왔다고 하던데요.

▶▶ **브라운** 그래요. 딸이 미국에 갈 때 도와준 적이 있는데 얼마
전에는 본인이 미국에 가고 싶다고 찾아왔어요.

▶▶ **박유근** 혹시 그가 어떤 사람인지 알고 있습니까?

▶▶ **브라운** 서울에서 큰 종합병원을 운영하는 성공한 의사로 알고
있습니다. 그리고 무엇보다 우리 미국에 굉장히 우호적
이고, 미국을 동경하더군요. 자기 목적을 이루기 위해
서는 무엇이든 하는 사람 같았어요. 미국에 가기 위해
그 귀한 청자를 선뜻 선물하더군요.

▶▶ **박유근** 미국 국무성 초청이라는 까다로운 절차에 도움을 많이
준 걸로 알고 있습니다. 도와준 이유를 말씀해 주시겠
습니까?

▶▶ **브라운** 물론 그와 개인적인 친분 관계도 있긴 하지만, 우리는

그런 인물이 필요합니다. 미국에 우호적인 인물을 우리 편으로 적극 끌어들일 필요가 있었지요.

▶▶ **박유근** 그는 일제강점기 때는 적극적인 친일을, 그리고 해방이 되고 나서는 소련에 붙어서 살아남은 인물입니다. 한마디로 이인국 박사는 박쥐 같은 인물이죠. 그런 사람이 당신들에게 진정으로 협력하리라고 보십니까?

▶▶ **브라운** 우리에게 중요한 것은 우리 미국의 이익입니다. 그리고 사실 그가 친일파였다는 것이 우리에게는 오히려 반가운 일입니다. 한 번 민족을 배신한 사람은 두 번, 세 번 얼마든지 민족을 버릴 수 있기 때문입니다.

▶▶ **박유근** 해방 직후 우리는 뼈아픈 과거 문제를 청산하고 새로운 나라를 건설하려는 열망으로 끓어넘쳤습니다. 그런데 미군정 기간 동안 친일파를 등용하였습니다. 우리나라에 대해 전혀 모르는 상황에서 그런 결정을 내린 것 아닙니까? 당신들이 인정한 단체 외에는 어떤 단체도 만들지 못하게 함으로써 친일파가 부활할 수 있었던 것 아닙니까?

▶▶ **브라운** 예, 우리는 조선의 상황을 잘 몰랐던 것이 사실입니다. 그렇기 때문에 일본인 밑에서 행정 경험이 있는 조선인 관료나 경찰을 적극적으로 활용할 수밖에 없었습니다. 우리는 3년간의 미군정을 성공적으로 마치고 이승만 정권에 남쪽 정부를 맡겼습니다. 우리에게 책임을 물으

시는데, 당신이 말하는 친일파의 부활을 적극적으로
도운 사람은 오히려 이승만 아닙니까?

▶▶ **박유근** 안타깝군요. 그런 인식이 당신들이 해방 후에 친일 앞
잡이들을 중요한 자리에 적극적으로 앉힌 이유였군요.

▶▶ **브라운** 기자님 입장에서는 안타까울 수 있겠지만 우리에게는
당연한 선택이었습니다. 우리는 조선의 독립이나 조선
사람들의 열망 같은 것에는 관심이 없습니다.

▶▶ **박유근** 자국의 이익이 아무리 중요하다 해도 다른 나라를 고
통에 빠뜨리는 것은 옳지 않다고 저는 생각하는데, 브
라운 씨 생각은 어떠신지요?

▶▶ **브라운** 하하하. 기자님은 그렇게 생각하지만, 다르게 생각하는
사람들도 많지요. 이인국 박사만 해도 우리 미국 덕분
에 새로운 기회를 얻지 않았습니까?

▶▶ **박유근** 그럼 마지막으로 하나만 더 질문하겠습니다. 미국의 이
익을 떠나서 한 사람의 인간으로서 이인국 박사를 어
떻게 평가하시나요?

▶▶ **브라운** 아하, 이건 대답하기가 좀 난감한데요……. 제가 좀 바
빠서 더 물어볼 것이 없으시면 이제 그만…….

▶▶ **박유근** 아, 예. 명쾌하게 대답을 못 하시는 걸로 봐서 하려는
말이 짐작됩니다. 시간 내어주셔서 고맙습니다.

네 칸 으 로 보 는 이 인 국

참고 문헌

강만길, 《20세기 우리 역사-강만길의 현대사 강의》, 창비, 2009.

강만길, 《고쳐 쓴 한국현대사》, 창비, 2006.

김재용, 《협력과 저항》, 소명출판, 2004.

서중석, 《사진과 그림으로 보는 한국현대사》, 웅진지식하우스, 2013.

손홍규, 《청년의사 장기려》, 다산책방, 2012.

임종국, 《친일문학론》, 민족문제연구소, 2013.

전광용, 《꺼삐딴 리》, 문학과지성사, 2009.

전광용, 《전광용 문학전집》 1~6, 태학사, 2011.

전국역사교사모임, 《살아있는 한국사 교과서 2》, 휴머니스트, 2012.

정운현, 《나는 황국신민이로소이다》, 개마고원, 1999.

정운현, 《친일파는 살아있다》, 책으로보는세상, 2011.

친일인명사전편찬위원회, 《친일인명사전》, 민족문제연구소, 2009.

황상익, 《근대 의료의 풍경》, 푸른역사, 2013.

선생님과 함께 읽는 **꺼삐딴 리**

1판 1쇄 발행일 2015년 2월 2일
개정판 1쇄 발행일 2024년 9월 30일

지은이 전국국어교사모임

발행인 김학원
발행처 (주)휴머니스트출판그룹
출판등록 제313-2007-000007호(2007년 1월 5일)
주소 (03991) 서울시 마포구 동교로23길 76(연남동)
전화 02-335-4422 **팩스** 02-334-3427
저자·독자 서비스 humanist@humanistbooks.com
홈페이지 www.humanistbooks.com
유튜브 youtube.com/user/humanistma **포스트** post.naver.com/hmcv
페이스북 facebook.com/hmcv2001 **인스타그램** @humanist_insta

편집책임 문성환 **편집** 윤무재 **디자인** 김태형 유주현 반짝반짝 **일러스트** 박세연
용지 화인페이퍼 **인쇄** 청아디앤피 **제본** 민성사

ⓒ 전국국어교사모임, 2024

ISBN 979-11-7087-243-6 44810